HISTOIRE
DE LA BASTILLE

DEPUIS SA FONDATION (1370) JUSQU'A SA DESTRUCTION (1789)

PAR AUGUSTE MAQUET

NOUVELLE
ENCYCLOPÉDIE
NATIONALE

PAR
MAURICE LACHATRE

PARIS
LIBRAIRIE DU PROGRÈS
11, RUE BERTIN-POIRÉE, 11

LES

MYSTÈRES

DU PEUPLE

A TRAVERS LES AGES

PAR

EUGÈNE SÜE

Il n'est pas une réforme sociale, politique ou religieuse que nos pères n'aient été forcés d'^ conquérir de siècle en siècle, au prix de leur sang, par l'INSURRECTION.

TOME PREMIER

PARIS
LIBRAIRIE DU PROGRÈS
11, RUE BERTIN-POIRÉE, 11

LA VIERGE MARIE CHEZ LES DIEUX PAIENS

ÉVARISTE PARNY

LA
GUERRE DES DIEUX
ANCIENS ET MODERNES

CHANT PREMIER

Le Saint-Esprit est l'auteur de ce poème. Arrivée des dieux du christianisme dans le ciel. Colère des dieux du paganisme apaisée par Jupiter. Ils donnent un dîner à leurs nouveaux confrères. Imprudence de la Vierge Marie, insolence d'Apollon.

En ce temps-là, dans mon étroit asile,
En méditant, j'attendais le repos ;
Il était nuit, et le sommeil tranquille
Autour de moi prodiguait ses pavots :
Une éclatante et soudaine lumière
Frappe mes yeux ; des parfums inconnus
Sont tout à coup dans les airs répandus ;
En même temps d'une voix étrangère
Je crois entendre et j'entends les doux sons ;
Je me retourne, et sur mon secrétaire
Je vois perché le plus beau des pigeons.
A cet éclat, à cette voix divine,
Sur mes genoux je tombe, je m'incline
Et dis : « Seigneur, que voulez-vous de moi?
— En vers dévots il faut chanter ma gloire ;
Il faut chanter notre antique victoire,
Et des Français corroborer la foi.
— Hélas ! Seigneur, à cette œuvre sublime
D'autres auraient un droit plus légitime.
De vos combats, de vos exploits divers ;
Quoique dévot, j'ai peu de connaissance :
Le temps, d'ailleurs, corrige les travers.
Et j'ai sans peine abjuré prose et vers.
— Je le sais bien, mais à ton impuissance
Je suppléerai : recueille tes esprits,
Sois attentif ; je vais dicter, écris. »
Sans examen je dois donc tout écrire,
Si dans mes vers se glissent quelquefois
Des traits hardis, étrangers à ma lyre,

On aurait tort d'en accuser mon choix ;
La faute en est à celui qui m'inspire.
En vérité, frères, je vous le dis :
De Jupiter on célébrait la fête,
Et tous les dieux, grands, moyens et petits,
Devant son trône ayant courbé leur tête,
Dinaient au ciel où de leur souverain
Ils partageaient le délicat festin.
Leur nourriture est friande et légère.
Quelques Eurus envoyés sur la terre
Leur apportaient le parfum des autels ;
Sur des plats d'or, on mangeait l'ambroisie,
Et l'on buvait dans l'agate polie
Ce doux nectar qui fait les immortels.
Comme ils buvaient, arrive à tire-d'aile
L'oiseau divin qui porte Jupiter.
« Maître, dit-il, dans les plaines de l'air,
Placé par toi, je faisais sentinelle,
Mes yeux sont bons ; ils ont vu tout là-bas
Des étrangers d'assez mince apparence,
Au maintien humble, aux cheveux longs et plats,
Baissant leurs fronts jaunis par l'abstinence,
Marcher sans bruit, de côté, pas à pas,
Les mains en croix sur leur maigre poitrine,
Et par milliers franchir à la sourdine
Le mur sacré qui cerne tes Etats. »
— « Partez, Mercure, allez les reconnaître,
Dit Jupiter, et sachez leurs desseins. »
Minerve, alors : « Ces gens-là sont peut-être
De nouveaux dieux, devenus nos voisins. »
— Le croyez-vous, ma fille? — Je le crains.
A nos dépens l'homme commence à rire,
Et nos excès prêtent à la satire ;
Nous vieillissons, je le dis sans détour ;
Notre crédit baisse de jour en jour ;
Je crains Jésus. — Fi donc! ce pauvre diable,
Fils d'un pigeon, nourri dans une étable.

Et mort en croix, serait dieu? — Pourquoi non?
— Le plaisant dieu! — Plus il est ridicule,
Mieux il convient à l'espèce crédule
Chez qui tout prend, excepté la raison.
Sa loi d'ailleurs aux tyrans est utile,
De l'esclavage elle rive les fers ;
De Constantin la politique habile
L'adoptera : malheur à l'univers! »
On va très vite alors qu'on a quatre ailes :
Voilà Mercure, il entre, et sur son front
On lit déjà de fâcheuses nouvelles.
« Ce sont des dieux.—Se peut-il ? Quel affront !
— Ce sont des dieux bien reconnus, vous dis-je !
Chez les Romains plus que nous en crédit,
Sans dignité, sans grâce et sans esprit,
Leur prompt succès me paraît un prodige.
J'ai lu pourtant leur brevet sur vélin
En bonne forme et signé *Constantin*.
Par cet écrit, Jupiter, on t'engage
A respecter Jésus-Christ et sa cour ;
Et la moitié du céleste séjour
De ce faquin doit être l'apanage. »
Au dernier mot de ce fâcheux récit,
De toutes parts s'élève un cri de rage :
Tombons sur eux ! Au combat ! Au carnage!
Ils y couraient ; mais, calme en son dépit,
En se levant, leur maître formidable
Fronce deux fois son sourcil redoutable :
Le vaste Olympe aussitôt s'ébranla ;
Les tapageurs, immobiles et blêmes,
Baissaient les yeux ; le plus hardi trembla,
Et ses genoux se plièrent d'eux-mêmes.
« Vous le voyez, leur dit l'Olympien
D'un air content, Jésus ne m'ôte rien ;
J'ai conservé ma puissance première ;
Je règne encore ; et, malgré les jaloux,
De mon sourcil la force est bien entière.

Prix : 15 centimes.

Modérez donc un imprudent courroux ;
Plus sage qu'eux, parlez, belle Minerve.
Expliquez-vous sans crainte et sans réserve.
— Vous le savez, l'homme fait les faux dieux,
Et les défait au gré de son caprice,
Dit la déesse ; il faut donc dans les cieux
Que Jésus-Christ librement s'établisse
Point de combats, notre effort impuissant
Affermirait son empire naissant :
Le mépris seul nous en fera justice. »
    De Jupiter c'était aussi l'avis.
Il ordonna qu'on laissât sans obstacle
Les dieux chrétiens placer leur tabernacle,
Et s'arranger dans leur beau paradis.
« Il faut du moins les voir et les connaître,
Dit Apollon. Si j'en crois les propos,
Nous avons là d'assez tristes rivaux,
Heureux pourtant, aujourd'hui nos égaux,
Et qui demain nous supplantent peut-être.
Sachons leurs mœurs, leurs allures, leur ton,
Et leurs défauts. Ici la table est prête :
Que Jupiter, par un message honnête,
Leur offre à tous un dîner sans façon.
Vous en rirez et le rire est si bon!
Tout parvenu d'ailleurs est susceptible.
En qualité de premiers possesseurs,
De cet Olympe, hélas! trop accessible,
Il nous convient de faire les honneurs. »
    A ce discours qui flattait sa rancune,
De l'auditoire la malice applaudit ;
De Jupiter la gravité sourit.
Il haïssait le Christ et sa fortune,
Autant qu'un autre il était curieux ;
Mercure donc interroge ses yeux,
Part comme un trait, et les *bravos* le suivent.
Une heure après les conviés arrivent.
Etaient-ils trois, ou bien n'étaient-ils qu'un?
Trois en un seul ; vous comprenez, j'espère ?
Figurez-vous un vénérable père,
Au front serein, à l'air un peu commun,
Ni laid, assez vert pour son âge,
Et bien assis sur le dos d'un nuage,
Blanche est sa barbe, un cercle radieux
S'arrondissait sur sa tête immobile.
Un taffetas de la couleur des cieux
Formait sa robe : à l'épaule attachée,
Elle descend en plis nombreux et longs,
Et flotte encor par-delà ses talons.
De son bras droit à son bras gauche vole
Certain pigeon coiffé d'une auréole,
Qui de sa plume étalant la blancheur,
Se rengorgeait, de l'air d'un orateur.
Ce n'est pas tout, il caresse, et pour cause,
Un bel agneau qui sur sa main repose,
Qui, bien lavé, bien frais, bien délicat,
Portant au cou ruban couleur de rose,
De l'auréole emprunte aussi l'éclat.
Ainsi parut le triple personnage.
En rougissant la Vierge le suivait,
Et sur les dieux accourus au passage
Son œil modeste à peine se levait.
D'anges, de saints une brillante escorte
Ferme la marche, et s'arrête à la porte.
    L'Olympien à ses hôtes nouveaux
De compliments adresse quelques mots
Froids et polis. Le vénérable Sire
Veut riposter, ne trouve rien à dire,
S'incline, rit, et se place au banquet.
L'agneau bêla d'une façon gentille.
Mais le pigeon, l'esprit de la famille,
Ouvre le bec, et son divin fausset
A ces païens psalmodie un cantique
Allégorique, hébraïque et mystique.
Tandis qu'il parle, avec étonnement
On se regarde; un murmure équivoque,
Un ris malin que chaque mot provoque,
Mal étouffés, circulent sourdement.
Le Saint-Esprit, qui pourtant n'est pas bête,
Rougit, se trouble, et tout court il s'arrête.
De longs *bravos*, des battements de mains,
Au même instant ébranlèrent la salle :
« Voilà, dit-on, la pompe orientale!
Quel choix! Quel goût! Ces vers-là sont divins.»
Le beau pigeon qui sentait l'ironie,
Attribuant son désastre à l'envie,

Dissimula sa haine et son humeur.
Il poussait loin l'amour-propre d'auteur.
Le dîner vient; exquise était la chère ;
Et l'abstinence aux chrétiens familière
Des conviés redoublait l'appétit.
L'un dévorait. La gentille échansonne,
Qu'on nomme Hébé, malignement sourit,
Et de nectar à coups pressés l'entonne.
Le doux Jésus, qu'on sollicite en vain,
Honteux, géné, ne regardait personne,
Croyant de plus que le bon ton ordonne
De peu manger, répond : Je n'ai pas faim.
L'auteur tombé, par esprit de vengeance,
En mangeant bien prend un air dédaigneux,
Et du dégoût affectant l'apparence,
Il semble dire : on pourrait dîner mieux.
Junon, Vénus, et d'autres immortelles,
Qui de leur rang affichaient trop l'orgueil,
Daignaient à peine honorer d'un coup d'œil
Ces dieux bourgeois, et chuchotaient entr'elles.
Impoliment elle tournaient le dos,
Et se moquaient de la brune Marie,
Son embarras, son air de modestie,
Servaient de texte à leurs malins propos.
Qu'une fillette au village élevée
Et dans Paris par le coche arrivée,
A Tivoli qu'elle ornera si bien,
Vienne montrer sa beauté pure et fraîche,
Son teint vermeil, emprunté de la pêche,
Ses traits charmants et son gauche maintien,
Les connaisseurs l'entourent et la suivent!
Mais à grand bruit nos sultanes arrivent,
Jettent sur elle un coup d'œil méprisant,
Et leur dépit se console en disant :
« Fi donc! elle est sans grâce, sans tournure ;
Quel air commun! Quelle sotte coiffure!
Belle Marie, au Tivoli des cieux,
Ainsi parlaient ces rivales altières ;
Mais, n'en déplaise à ces juges sévères,
De grands yeux noirs, doux et voluptueux,
Des yeux voilés par de longues paupières,
Quoique baissés sont toujours de beaux yeux.
Sans qu'elle parle une bouche de rose
Est éloquente, et même on lui suppose
Beaucoup d'esprit. De pudiques tetons
Bien séparés, bien fermes et bien ronds
Et couronnés par une double fraise,
Chrétiens ou juifs, pour celui qui les baise,
N'en sont pas moins de fort jolis tetons.
Ainsi les dieux se disaient : « La petite
Est très gentille, et ne s'en doute pas.
Ne pourrait-on de cette Israélite
Déniaiser les novices appas?
Pour s'amuser, qu'Apollon l'entreprenne ;
D'une passade elle vaut bien la peine. »
    Mais Apollon chantait alors des vers
Dignes du ciel : cent instruments divers
Accompagnaient sa voix pure et sonore.
On vit après la vive Terpsichore,
La fraîche Hébé, les Grâces et l'Amour,
Dans un ballet figurer tour à tour.
La Sainte Vierge, au spectacle attentive,
Ne cache point son doux ravissement ;
Elle applaudit, et sa bouche naïve
Laisse échapper deux mots de compliment.
Ce n'est pas tout : la modeste Marie,
S'apercevant qu'on la trouve jolie,
Qu'avec plaisir Apollon l'écoutait,
Et qu'auprès d'elle en cercle on s'arrêtait,
Par le succès justement enhardie,
Avec esprit aux païens répondait.
    Certain motif, que sans peine on devine,
La fait sortir : la courrière divine,
Sachant pourquoi, la guide poliment,
Et de Vénus ouvre l'appartement.
Mais soit dessein, soit hasard, la traîtresse
Ferme la porte, et seulette la laisse.
    La Vierge sainte, à l'aspect imprévu,
A la beauté de ce charmant asile,
Reste longtemps de surprise immobile.
Je le conçois; elle n'a jamais vu
Que l'atelier obscur et misérable
De son époux, son village et l'étable
Où sur la paille elle accoucha d'un dieu.
De sa surprise elle revient un peu :

Au cabinet d'abord elle s'avance :
Pour elle il s'ouvre, et présente à ses yeux
De belle agate un vase précieux,
De forme ovale et doré sur son anse.
« Ne cassons rien », dit-elle, en remettant
Le meuble heureux qu'elle prit un instant.
Avec lenteur alors elle traverse
D'appartements une suite diverse,
De grands salons richement décorés,
De frais boudoirs au plaisir consacrés.
Le goût y règne, et non la symétrie.
Des pots épars, des corbeilles de fleurs,
Le nard et l'ambre, et surtout l'ambroisie,
Parfument l'air de suaves odeurs.
Remarquant tout, notre Vierge imprudente
Voit de Cypris la tunique élégante,
Les brodequins, le voile précieux,
Le réseau d'or qui retient ses cheveux,
Et sa guirlande, et sa riche ceinture.
Elle se dit : « Une telle parure
Doit embellir; elle me siérait bien :
Essayons-la ; d'un moment c'est l'affaire ;
Personne ici ne viendra me distraire,
Oh! non, personne, et je ne risque rien. »
C'était pour elle un difficile ouvrage ;
De la toilette elle avait peu l'usage ;
Le temps pressait d'ailleurs, et gauchement
Elle ajusta ce nouveau vêtement.
Elle interroge une glace fidèle
Qui lui répond : Vénus n'est pas plus belle.
Se regardant et s'admirant toujours,
Elle s'écrie : « A moi, tendres amours!
Reconnaissez, entourez votre mère. »
Et des amours la cohorte légère
Soudain se montre et l'entoure, et lui dit :
« Jeune maman, par quelle heureuse adresse
A vos attraits ajoutez-vous sans cesse? »
D'étonnement d'abord elle rougit,
Puis se rassure et tendrement sourit
A ces enfants qui l'avaient alarmée.
L'un sur ses mains verse l'eau parfumée
Qu'un autre essuie; ils sèment sur ses pas
Le frais jasmin et la rose nouvelle ;
Puis avec grâce ils unissent leurs bras,
Et sortent tous en chantant : Qu'elle est belle!
    De la louange on sait que le poison
Est très actif : cette scène imprévue
De notre sainte enivre la raison.
Pour s'achever, elle porte la vue
Sur des tableaux où la tendre Cypris
Faisait un dieu de son cher Adonis.
Des voluptés la dangereuse image
Trouble ses sens ; une vive rougeur,
Qui n'était plus celle de la pudeur,
A par degrés coloré son visage.
Elle entre alors dans un dernier boudoir
Où des coussins, d'une pourpre éclatante,
Formant un lit, invitaient à s'asseoir.
Elle fait mieux, et s'y couche. Imprudente!
Levant des yeux languissants et distraits,
Avec surprise elle voit ses attraits,
Son attitude et ses grâces nouvelles,
Multipliés par des miroirs fidèles
Elle sourit ; elle ouvre ses beaux bras,
Ne saisit rien, soupire, et dit tout bas :
« Jeune Panther, objet de ma tendresse,
Que n'es-tu là! ton heureuse maîtresse,
Ainsi vêtue, enchanterait tes yeux ;
Ce lit serait pour nous délicieux. »
On entre : O ciel! c'est le dieu du Parnasse.
Pour se lever elle fait un effort ;
Sur les coussins Apollon la replace ;
Ses mains il baise, et dit avec transport :
« Ne fuyez pas, ô reine d'Idalie!
J'ai quelques droits, et vous voilà si bien!
— Hélas! monsieur, je m'appelle Marie,
Et non Vénus : laissez-moi, je vous prie;
Laissez-moi donc. — Oh! je n'en ferai rien ;
Impunément on n'est pas aussi belle.
C'est Vénus même, ou c'est encor mieux qu'elle
— Je vais crier. — Tout comme il vous plaira
Mais à vos cris ici l'on entrera :
Votre costume est païen, l'on rira;
Peut-être aussi quelqu'un se fâchera. »
Se plaindre un peu, menacer sans colère,

Beaucoup rougir, c'est en pareille affaire
Tout ce qu'on peut et tout ce qu'on doit faire. »
  Point de réplique à ce sage discours.
Baissant les yeux, déjà faible et tremblante,
Déjà vaincue, elle combat toujours.
Mais tout à coup une bouche brûlante
Vient séparer ses lèvres de corail,
Et de ses dents baise le blanc émail.
Sur les coussins, malgré son vain murmure,
Le dieu pressant la pousse avec douceur ;
Un long soupir échappe de son cœur,
Et ce soupir disait : Quelle aventure !
  Les dieux font bien et font vite. Apollon
Dans ses transports conservait sa raison;
Pour notre sainte il craignait le scandale.
Sacrifiant le reste de ses feux,
Il sortit donc, rajusta ses cheveux,
Et d'un air froid il rentre dans la salle.
En ce moment, Terpsichore attachait
Tous les regards. La craintive Marie,
Vermeille encor, de moitié plus jolie,
Parut enfin au dernier coup d'archet.
Le beau pigeon, gonflé de jalousie,
Se lève, et dit au céleste papa,
Qui sans plaisir avait vu tout cela :
« Qu'attendez-vous ? la séance est finie;
Voici bientôt l'heure de l'*Angelus*,
Allons-nous-en, et ne revenons plus. »
« Allons-nous-en », répète le bon père ;
« Allons-nous-en », répète aussi Jésus,
Et par un signe il avertit sa mère.
De s'en aller elle eut quelque chagrin,
La nouveauté de ce banquet divin,
Le chant, la danse, et les tendres fleurettes
Qui chatouillaient ses oreilles discrètes,
L'avaient séduite, et son goût se formait.
D'un certain dieu l'audace peu commune
Lui déplut fort, mais douce est sa rancune;
Au paganisme elle s'accoutumait,
Pendant la route elle en parlait sans cesse.
Le père donc lui dit avec simplesse :
« Ma chère enfant, peut-être que j'ai tort;
Mais d'Apollon la musique m'endort.
Je n'entends rien à cette mélodie.
Il aurait dû nous donner du plain-chant,
Cela vaut mieux ; quant à leur poésie,
Le Saint-Esprit n'en est pas très content.
—On peut m'en croire, elle est faible et commune,
Dit le pigeon; pas un mot des serpents;
Tous les lions y conservent leurs dents;
On n'y voit point le soleil et la lune
Danser ensemble et soudain s'abîmer,
Ni du Liban les cèdres s'enflammer.
— Des grands ballets la beauté me fatigue,
Disait Jésus; et ces chaconnes-là
Ne valent pas le menuet, la gigue,
Que l'on dansait aux noces de Cana. »
  La Trinité, discourant de la sorte,
Au paradis rentre avec son escorte.

CHANT II

Organisation du paradis. Conversation naïve et instructive de la Trinité. Dîner rendu aux païens, et terminé par la représentation de quelques mystères.

  Belle Marie, ô toi dont la candeur,
Les yeux baissés et le simple langage,
Souvent d'un fils désarment la rigueur,
Entends ma voix et reçois mon hommage.
Ton cœur sensible et doux comme tes traits
A la pitié ne se ferme jamais;
Tu compatis aux faiblesses humaines :
De courts plaisirs, parmi de longues peines,
Ne semblent pas à tes yeux des forfaits.
De ces plaisirs écarte le tonnerre;
Demande au ciel grâce pour les amours,
Pour les baisers qui consolent la terre ;
Par l'inconstance ils sont punis toujours.
Vénus jadis par des soins efficaces
Les protégeait, mais trop vieille est Vénus,
Trop libertine, et l'homme n'en veut plus.
Dans cet emploi c'est toi qui la remplaces.
Ah! puisse-tu longtemps la conserver!
Puisse ton fils ne jamais éprouver

Le sort fâcheux et la chute bizarre
Qu'à Jupiter doucement il prépare!
De Jupiter le vaste et beau palais
Avait pour base une haute colline.
Sur tout l'Olympe il s'élève et domine.
Un mur de bronze en interdit l'accès ;
Et sur ce mur, qui menace la plaine,
En sentinelle on place tour à tour
Bacchus, Diane, et ces fils de l'amour,
Ces deux jumeaux que pondit une reine.
Bellone et Mars, au combat préparés,
De sang chrétien dès longtemps altérés,
Gardent la porte et sauront la défendre
Leur fier courage aimerait mieux l'ouvrir:
Et quelquefois il s'indigne d'attendre
Un ennemi qu'il voudrait prévenir.
Jupiter place au pied de la montagne
D'autres guerriers ; plus loin dans la campagne
Il établit ses postes avancés ;
Mais d'attaquer il fait défense expresse ;
Et prudemment sur la frontière il laisse
Quelques sylvains en vedette placés.
  Le paradis autrement s'organise.
Au beau milieu des nuages ouverts,
Sur un autel environné d'éclairs,
Du triple Dieu la grandeur est assise.
A ses genoux, ou bien à leurs genoux,
La Vierge occupe un tabouret modeste,
Le doux Jésus, du bon ordre jaloux,
Devant l'autel range la cour céleste.
Au premier banc brillent les *Séraphins*,
Du beau trio contemplateurs fidèles;
Ces clairs flambeaux, ces lampes éternelles,
Brûlent toujours devant le saint des saints;
Le pur amour sans cesse les consume,
Le pur amour sans cesse les rallume.
Plus bas on voit des visages très ronds
Et très vermeils, des cheveux courts et blonds.
De beaux yeux bleus, des bouches aussi belles;
De frais mentons d'où s'échappent deux ailes
Mais point de corps; ces minois enfantins,
Ces têtes-là se nomment *Chérubins*.
Nous les aimons; nos peintures de village
Dans leurs tableaux en font souvent usage.
Viennent après les *Dominations*,
Trônes, Vertus, Principautés, Puissances,
Esprits pesants, grosses intelligences,
Qu'on charge peu de saintes missions.
Regardant tout, mais à tout inhabiles,
Les bras croisés, ils sont là sur deux files,
Propres sans plus à garnir les gradins;
A cet emploi se borne leur génie;
C'est ce qu'au bal nous autres sots humains
Nous appelons faire tapisserie.
Du ciel ensuite arrivent les guerriers :
Les généraux, colonels, officiers,
Connus là-haut sous le titre d'*Archanges*,
Le sabre en main, conduisent leurs phalanges.
Sous les drapeaux les *Anges* réunis
Sont par Jésus inspectés et bénis.
De gaze fine une robe légère,
Un casque d'or à panache flottant.
Un bouclier, un tranchant cimeterre,
De ces guerriers forment l'accoutrement.
Du paradis la milice innombrable
Obéissait au valeureux Michel,
Qui sous ses pieds a terrassé le diable.
Pour suppléants, il a ce Gabriel,
Beau messager, que la vierge Marie
Toujours protège, et l'adroit Raphaël
Qui sut jadis, avec un peu de fiel,
Désaveugler le bonhomme Tobie.
Plus bas enfin, on voit tous les élus
Dans le parterre ensemble confondus.
Plusieurs, dit-on, vantés par la légende,
N'en sont pas moins des saints de contrebande:
De francs vauriens, pour tels bien reconnus,
Par la cabale au ciel sont parvenus.
Mais quel remède? Un caprice du pape
D'un réprouvé peut faire un bienheureux.
En vain Satan lui réservait ses feux,
Sa bulle en main à l'enfer il échappe.
Sans peine donc on entre en paradis,
Lorsque dans Rome on a quelques amis.
  Du saint Trio l'œil avec complaisance

Erra longtemps sur sa nombreuse cour ;
C'était pour lui nouvelle jouissance :
Puis il se lève et dit : « Jusqu'à ce jour
Errant, banni, vexé par l'injustice,
Je ne pouvais régler votre service ;
Mais à présent je triomphe à mon tour,
Me voilà dieu ; du céleste séjour
Il faut fixer l'éternelle police,
Je veux d'abord une garde d'honneur
Autour de moi, car je suis le Seigneur
Entendez-vous? et j'aime qu'on me garde.
Trois fois par jour l'*Angelus* sonnera :
Devant mon trône on se rassembiera,
Et d'y manquer qu'aucun ne se hasarde.
Pendant une heure en contemplation
Vous jouirez de cette vision
Que les savants nomment intuitive.
Exprès pour vous, de ma gloire trop vive
J'adoucirai l'éclat et le fracas;
Vos faibles yeux n'y résisteraient pas.
Vous chanterez, car le plain-chant m'amuse,
Et sur ce point je n'admets pas d'excuse ;
Vous chanterez l'*excelsis gloria*,
Et des noëls, et des *alleluia*.
Vous me louerez, car j'aime la louange ;
Vous me louerez, car je suis le Seigneur,
Le Seigneur Dieu, le Dieu fort et vengeur,
Entendez-vous? Et je veux qu'on s'arrange
Pour me louer et ne louer que moi :
Je suis jaloux, je ne sais pas pourquoi.
Sur ce, partez ; veillez sur vos églises,
Et des païens redoutez les surprises. »
  Chacun s'éloigne avec docilité.
Le Saint-Esprit, et le Fils, et le Père,
Près de la Vierge, au fond du sanctuaire,
Sont réunis en petit comité.
Leur entretien a de quoi nous instruire,
Et mot à mot je dois vous le redire.

LE PÈRE
Convenez-en, chez le sot genre humain,
Nous avons fait un rapide chemin.

JÉSUS-CHRIST
En vérité, lorsque dans une étable
Ma pauvre mère accoucha sans secours ;
Lorsqu'à vingt ans, oisif et misérable,
Au pain d'autrui j'avais souvent recours ;
Lorsqu'avec peine un docteur charitable
M'apprit à lire, et que, dans mes leçons,
Du roi David j'expliquais les chansons;
Interrogé par Anne le pontife.
Remis ensuite à son gendre Caïphe,
Quand je me vis de fouetteurs entouré,
Par ce Caïphe à Pilate livré,
Par ce Pilate envoyé chez Hérode,
Qui voulait voir le prophète à la mode,
Et par Hérode à Pilate rendu,
Puis sur ma croix tristement étendu ;
Certes alors je ne prévoyais guères
Ce qui m'arrive. On parle de mystères ;
Notre succès est le premier de tous.

LE SAINT-ESPRIT
D'autres l'auraient obtenu comme nous.
Le changement à l'homme est nécessaire :
En faits d'erreurs il choisit la dernière...
Aux sages lois écrites dans son cœur
Il ajouta des notes, des oracles,
Un évangile et toujours des miracles.
Le seul remords ne fait pas assez peur;
Il lui fallut des serpents, des furies,
De gros vautours, de hideuses harpies,
Des coups de fouets, de fourches, de hoyaux,
A tour de bras appliqués sur le dos,
Des lacs brûlants et sans fonds et sans bornes,
Des cris, des pleurs, des diables et des cornes,
Et tout cela pendant l'éternité.
Mais des vertus quelle est la récompense ?
Nouveau travail, nouvelle extravagance.
D'après ses goûts, chacun à volonté
Se fait au ciel un séjour enchanté.
La vieille y prend un visage de rose ;
Le libertin y baise avec transport
Ce qui lui plaît; le faible y devient fort;
Des éléments l'ambitieux dispose;
Celui-ci boit; celui-là fume, et dort ;

L'un n'y fait rien ; nous autres, pas grand'chose ;
Car l'homme, hélas ! mesquin dans ses désirs,
Se connaît mieux en tourments qu'en plaisirs.
Quoiqu'il en soit, crédule, il nous adore ;
Profitons-en. Jupiter passera,
Nous passerons, et bien d'autres encore.
Nul ne demeure, nul ne fut et sera.

LE PÈRE

Amen, amen. Ce sermon d'évangile
M'a paru long, et j'allais m'endormir.
Votre conseil n'en est pas moins utile,
Sur notre autel il faut nous affermir
Et profiter du pouvoir qu'on nous prête.
Profitons-en sur l'heure. A moi, les vents !
Soufflez, sifflez ; je veux une tempête.

JÉSUS-CHRIST

Voyez combien ils sont obéissants !
Déjà du jour les rayons s'obscurcissent ;
Sur l'horizon les vapeurs s'épaississent ;
Jusqu'au zénith les nuages poussés,
Noirs, menaçants. l'un sur l'autre entassés,
Surchargent l'air de leur masse immobile.
En vérité l'on n'est pas plus docile.

LE PÈRE

Savez-vous bien qu'un bel orage est beau ?

LE SAINT-ESPRIT

Très beau, surtout quand on le fait soi-même.

LE PÈRE

Il pleut, il grêle ; et voilà ce que j'aime :
C'est pour la terre un déluge nouveau.

LA VIERGE

De ce déluge arrêtez les ravages,
Seigneur, mon Dieu, de cinquante villages,
En un moment vous noyez les moissons.
Adieu les fleurs, les savoureux melons,
Et tous les fruits que la terre obstinée
Accorde à peine au travail d'une année.
Pourquoi troubler la marche des saisons?
Au mois de juin, de la vigne étonnée
Ne gelez pas les innocents bourgeons ;
Ou l'hommé alors, qui sur nous aime à mordre,
En conclura que vous n'avez point d'ordre.

JÉSUS-CHRIST

Le vin, ma mère, est toujours dangereux ;
Il suffira qu'on en ait pour la messe.

LE PÈRE

L'enfant dit vrai ; d'ailleurs à ma sagesse
Tout est permis ; je fais ce que je veux...,
Je fais n'est pas le mot propre, technique ;
Triple je suis, sans cesser d'être unique ;
Et je faisons vaudrait peut-être mieux.
Mais vous cédez quelque chose au plus vieux.
Plus vieux? non pas, nous sommes du même âge.
De moi pourtant tous deux vous procédez ;
Je vous ai donc d'un moment précédés ?
On le croirait, c'est assez là l'usage.
Point ; mes enfants se trouvent mes jumeaux.
Notre amalgame est un plaisant chaos,
Et je m'y perds. Revenons à l'orage.

LE SAINT-ESPRIT

Il va très bien. Voyez tous ces vaisseaux.
Battus, brisés, engloutis par les flots ?
Voici l'instant d'essayer le tonnerre,
Ce vrai cachet de la divinité.
Cherchez un but ; foudroyez sur la terre
Quelque vaurien qui l'aura mérité.

LA VIERGE

Pourquoi sur lui presser votre vengeance?
Demain peut-être il ferait pénitence.

LE PÈRE

Dans la forêt remarquez-vous, là-bas,
Un bon curé qui, malgré la tempête,
Va d'un mourant adoucir le trépas,
Et ce voleur qui brusquement l'arrête ?
Sur le ciboire il veut porter la main.
Car il est d'or ; le prêtre fuit en vain ;
Déjà le fer est levé sur sa tête.
Fort à propos j'arrrive à son secours.
Feu !

LE SAINT-ESPRIT

Vous tremblez.

LE PÈRE

Ces foudres sont bien lourds.

LE SAINT-ESPRIT

Lancez donc.

LE PÈRE

Ouf ! le drôle est-il en cendres ?

LA VIERGE

Eh ! non vraiment ! votre carreau vengeur
S'est détourné sur l'innocent pasteur ;
Et roide mort vous venez de l'étendre.

LE PÈRE

Au paradis qu'on le place à l'instant.

LE SAINT-ESPRIT

Ces foudres-là seront nos amusettes ;
Mais bien viser est un point important,
Et désormais vous prendrez des lunettes.

LE PÈRE

Soit. Au surplus nous pouvons, je le vois,
Nous divertir ici comme des rois.

LE SAINT-ESPRIT

Ces païens seuls me donnent de l'ombrage.

JÉSUS-CHRIST

C'est, je l'avoue, un fâcheux voisinage.

LE PÈRE

Notre ennemi plus que nous est gêné :
Cela console et nous pouvons attendre.

JÉSUS-CHRIST

A ces Messieurs, nous devons un dîner ;
Bon ou mauvais, il convient de le rendre.

LE PÈRE

L'enfant dit vrai. D'archanges radieux
Qu'une dizaine aille inviter ces dieux.
Le groupe ailé s'acquitte du message.
On accepta, mais pour le jour d'après :
Gens du bon ton ne se hâtent jamais ;
Se faire attendre est assez leur usage
Le lendemain, ils viennent un peu tard.
Chacun se lève, on leur fait politesse ;
A table ensuite on se place au hasard ;
Elle est étroite ; on s'y pousse, on s'y presse,
Et l'on sourit déjà d'un air malin.
Pour tout dîner l'on voit quelques hosties
Sur la patène avec grâce servies,
Qu'accompagnaient six burettes de vin,
Non de Bordeaux, de Champagne ou du Rhin,
Mais de Suresne ; et l'on assure même
Qu'à sa naissance il reçut le baptême.
Les conviés, peu faits à ces façons,
Disaient tout bas entre eux : Nous souperons.
Pour amuser ces dédaigneux confrères,
Le doux Jésus, qui s'y connaît vraiment,
Après dîner fit jouer des mystères.
On commença par le commencement,
Et sur la scène on mit le premier homme,
La première Ève et la première pomme.
Du frais Éden ces heureux possesseurs,
L'un, jeune et beau, l'autre jeune et jolie,
Les bras pendants allaient de compagnie.
D'un pas distrait ils marchaient sur les fleurs,
Cueillaient les fruits, avalaient l'onde claire,
Pour tout plaisir dénichaient les oiseaux,
Jetaient du sable ou crachaient sur les eaux,
Bâillaient ensuite, et ne savaient que faire.
Ils se couchaient ensemble, et dormaient bien ;
Ils étaient nus, et ne pensaient à rien.
Le diable arrive ; il parlait comme un ange :
Ève l'écoute, et la pomme elle mange.
Sans ce malheur, qui fut heureux pourtant,
Le genre humain restait dans le néant.
Que dis-je? heureux ! Le fruit croqué par elle,
Et qui servit à son instruction,
Nous vaut à nous une indigestion
Forte, terrible, et, de plus éternelle.
Ce dénoûment déplut à Jupiter.
« Monsieur, dit-il, vous faites payer cher
Une reinette. Aux gourmands, encor passe ;
Mais à leurs fils qui n'en ont pas goûté !
Dans le néant aller chercher leur race
Pour la damner ? Quelle sévérité ! »
Monsieur répond : « J'ai trop puni les hommes,
J'en conviendrai ; qu'y faire ? Je suis bon,
Mais je suis vif. J'aimais beaucoup ces pommes,
J'y tenais, moi ; pourquoi me les prend-on ? »
La scène change : on découvre un village ;
Dans ce village, un petit atelier

Où travaillait un pauvre charpentier.
Pauvre ! non pas : femme gentille et sage
Est un trésor, mais il n'y touche point ;
Son avarice est grande sur ce point.
On voit encore une arrière-boutique,
Un lit modeste, une vierge dessus,
Dont les attraits ont dix-huit ans au plus,
Et qu'assoupit un sommeil angélique.
Il faisait chaud : cette vierge en dormant
A dérangé l'utile vêtement
Qui la couvrait ; la robe se replie,
Et laisse voir ce qu'on ne vit jamais ;
Sa jambe nue et sa cuisse arrondie,
En s'écartant, semblent chercher le frais.
Un beau pigeon, au plumage d'albâtre,
Du ciel alors descend sur le théâtre.
Son rouge bec et ses pattes d'azur,
De son gosier, le timbre clair et pur,
Son auréole et surtout ses manières,
Le distinguaient des pigeons ordinaires.
Sur la dormeuse il plane galamment,
S'abat ensuite, et, léger il se pose
Juste à l'endroit, délicat et charmant,
Où des amours s'ouvre à peine la rose.
De son plumage il le couvre un moment ;
Ses petits pieds avec adresse agissent,
Son joli bec l'effleure doucement,
Et de plaisir ses deux ailes frémissent.
« Auriez-vous cru, Messieurs, que d'un pigeon
Il pût jamais résulter un mouton ?
Dit le papa d'un air grave et capable.
C'est un mystère, et voilà ce qu'il faut.
En nous, chez nous, tout doit être incroyable.
J'aime à l'excès les énigmes sans mot. »
Du paradis, la troupe infatigable,
Pour terminer, joua la Passion,
Et joua bien. Les conviés, dit-on,
Goûtèrent peu ce drame lamentable.
Mais un malheur qu'on n'avait pas prévu
Du dénoûment égaya la tristesse.
Bien flagellé, le héros de la pièce
Était déjà sur la croix étendu.
On choisissait pour ce rôle pénible
Un jeune acteur intelligent, sensible,
Beau, vigoureux, et sachant bien mourir.
Il était nu des pieds jusqu'à la tête :
Un blanc papier qu'une ficelle arrête
Couvrait pourtant ce que l'on doit couvrir.
Charmante encore après sa pénitence,
La Madeleine au pied de sa potence
Versait des pleurs : ses longs cheveux épars,
Son joli sein qui jamais ne repose,
Du crucifix attiraient les regards :
Il voyait tout, jusqu'au bouton de rose ;
Quelquefois même il voyait au-delà.
Prêt à mourir, cet aspect le troubla.
Il tenait bon ; mais quelle fut sa peine
Quand le feuillet vint à se soulever !
« Otez, dit-il, ôtez la Madeleine...
Otez-la donc ! le papier va crever... »
Soudain il crève ; et la vierge elle-même
Pour ne pas rire a fait un vain effort.
« Le tour est bon, dit le père suprême ;
On le voit bien, le drôle n'est pas mort ! »
Cet incident finit la tragédie.
On se sépare avec cérémonie ;
Et les païens retournent dans leur fort,
En répétant : le drôle n'est pas mort.

CHANT III

Abandon et détresse des dieux païens. Combat. Samson vaincu par Hercule. Des saintes, commandées par Judith, forment une attaque séparée ; elle ne réussit pas, mais Judith y gagne que'que chose. Les païens battent en retraite. Blocus de l'Olympe. Priape et les Satyres font une sortie.

Abandonnant la terrestre demeure,
Un jour, dit-on, six hommes vertueux,
Morts à la fois, vinrent à la même heure
Se présenter à la porte des cieux.
L'ange paraît, demande à chacun d'eux
Quel est son culte ; et le plus vieux s'approche,
Disant : Tu vois un bon mahométan.

LA VIERGE MARIE TRAVESTIE EN VÉNUS

L'ANGE
Entre, mon cher, et tournant vers la gauche,
Tu trouveras le quartier musulman.

LE SECOND
Moi, je suis Juif.

L'ANGE
Entre et cherche une place
Parmi les Juifs. Toi, qui fais la grimace
A cet Hébreu, qu'es-tu ?

LE TROISIÈME
Luthérien.

L'ANGE
Soit ; entre, et va, sans t'étonner de rien,
T'asseoir au temple où s'assemblent tes frères.

LE QUATRIÈME
Quaker.

L'ANGE
Eh bien, entre, et garde ton chapeau;
Dans ce bosquet les Quakers sédentaires
Forment un club; on y fume.

LE QUAKER
Bravo.

LE CINQUIÈME
J'ai le bonheur d'être bon catholique;
Et, comme tel, je suis un peu surpris
De voir un Juif, un Turc, en paradis.

L'ANGE
Entre, et rejoins les tiens sous ce portique.
Venons à toi; quelle religion
As-tu suivie ?

LE SIXIÈME
Aucune.

L'ANGE

Aucune!

LE SIXIÈME

Non.

L'ANGE

Mais cependant quelle fut ta croyance?

LE SIXIÈME

L'âme immortelle, un dieu qui récompense
Et qui punit, rien de plus.

L'ANGE

En ce cas,
Entre, et choisis ta place où tu voudras.
  Ainsi raisonne, ou plutôt déraisonne
Un philosophe, un sage de nos jours.
Sage insensé! mais que Dieu lui pardonne,
Si Dieu le peut, cet étrange discours.
Français, croyez tout ce qu'ont cru vos pères;
Femmes, aimez ce qu'ont aimé vos mères;
Croyez, aimez; et, lorsqu'il vous plaira,
Du ciel pour vous la porte s'ouvrira.
Non, arrêtez: la guerre vient d'éclore
Dans ces hauts lieux; le royaume d'azur
A Jésus-Christ n'appartient pas encore;
On va combattre, attendre est le plus sûr.
  Trop négligés dans leur petit domaine,
Les dieux païens subsistaient avec peine:
L'encens manquait. Leurs rivaux plus heureux
Escamotaient les terrestres prières,
Les hymnes saints, les offrandes, les vœux,
Et les parfums, là-haut si nécessaires.
Gens affamés n'entendent pas raison.
Peu satisfaits de leur maigre pitance,
Quelques Sylvains d'un appétit glouton
Pleuraient un jour leur première abondance.
Leurs poings fermés, leurs regards menaçants,
Sur les chrétiens se détournaient sans cesse;
Ils déclamaient contre l'humaine espèce;
Quand tout à coup un nuage d'encens
De leur humeur adoucit la tristesse.
« Bon, dit l'un deux, celui-là vient à nous;
De sa vapeur d'avance je m'enivre.
Comme il est gros! Amis, rassurez-vous,
Pour quelque temps nous aurons de quoi vivre.»
  A bien dîner à tort il s'attendait.
Quarante saints, qu'un ange commandait,
Au paradis convoyaient ce nuage.
Il s'approcha des Sylvains étonnés,
Et passa juste à deux doigts de leur nez.
Ce qui n'était qu'un simple badinage
Au sérieux fut pris par ces pandours.
De Jupiter l'ordre est précis, n'importe;
A coups de sabre ils tombent sur l'escorte.
L'escorte a peur, elle crie au secours:
En attendant les coups pleuvent toujours.
L'ange, privé de ses ailes rapides,
A pied s'enfuit; on houspille les saints:
Tout se disperse, et déjà les Sylvains
Sur le convoi portent leurs mains avides.
Du paradis accourent par bonheur
D'autres chrétiens, qui leur font lâcher prise.
D'autres païens arrivent par malheur,
Qui des premiers soutiennent l'entreprise.
Trente contre un ces chrétiens combattaient;
Plus aguerris, ces païens les frottaient:
Et la victoire est encore indécise.
Mais j'aperçois Samson. Tremblez, faquins!
L'arme fragile, instrument de sa gloire,
Vaincra toujours: cette heureuse mâchoire
Cassa cent fois celle des Philistins;
Fuyez, vous dis-je, ou c'en est fait des vôtres.
Et toi, Samson, prends garde aux sept cheveux
Qui font ta force: invincible par eux,
Défends-les bien, laisse arracher les autres.
Le casque en tête, il s'élance d'un saut
Au premier rang. Un Sylvain téméraire
Pour le combat se présente aussitôt.
« Attends, dit-il, attends: mon cimeterre
Va chatouiller cet énorme derrière,
Et de ce dos mesurer la largeur,
Je veux... » Soudain la mâchoire funeste
Sur la mâchoire atteint ce discoureur,
La pulvérise, et supprime le reste
De sa harangue; alors chaque païen
Se défendit sans parler, et fit bien.

Samson triomphe, et le parquet céleste
Des dents qu'il brise est déjà parsemé.
Par un courrier intelligent et preste
De ce dégât Hercule est informé.
A ce récit le vaillant fils d'Alcmène
Répond: J'y cours; et quittant les remparts,
D'un pas rapide il traverse la plaine,
Et des chrétiens étonne les regards.
Lorsqu'en hurlant, une hyène sauvage,
De qui la faim aigrit encore la rage,
Du Gévaudan abandonne les monts,
Le feu jaillit de sa rouge prunelle;
L'effroi, la mort descendent avec elle
Sur les troupeaux épars dans les vallons:
Tout fuit, enfants, chiens, bergers et moutons.
Des Philistins le vainqueur intrépide,
Se promettant un triomphe de plus,
Seul attendit le vainqueur de Cacus.
Impunément on n'attend pas Alcide.
De prime abord, au héros des Hébreux,
De sa massue il porte un coup affreux
Brave Samson, ton casque est mis en pièces;
Ton crâne saint, frappé si rudement,
Est ébranlé sous ses croûtes épaisses;
Ton large front s'incline forcément;
Ton œil se trouble et voit mille étincelles;
Sur tes grands pieds un moment tu chancelles,
Et ta belle arme échappe de ta main,
Ou peu s'en faut: jamais nul Philistin
Ne t'adressa d'apostrophes pareilles,
Mais aussitôt secouant les oreilles,
En répétant: Ce n'est rien, ce n'est rien,
Tu veux répondre à l'insolent païen,
O du Très-Haut assistance imprévue!
D'un coup terrible, Hercule menacé
A la mâchoire oppose sa massue,
Dont le bois dur est de clous hérissé.
Elle devait briser l'arme fragile
Du bon Hébreu; le contraire arriva.
Et sans ressource Hercule se trouva.
D'étonnement il restait immobile;
Mais du vainqueur voyant le bras nerveux
Se relever, au visage il lui lance
Le court tronçon qui formait sa défense,
Et brusquement le saisit aux cheveux.
A cet aspect tous les chrétiens pâlissent,
Et leurs clameurs dans les airs retentissent:
« Maudit païen! Il va les arracher.
Laisserons-nous dans sa main furieuse
De notre ami la tête précieuse?
Défendons-la. Ferme! osons approcher.»
D'un épervier quand la serre sanglante
Vient de saisir l'alouette tremblante
Qui s'élevait en chantant jusqu'aux cieux,
Aux sons plaintifs que pousse la pauvrette,
Du bois voisin le peuple harmonieux,
Moineau, pinson, sansonnet et fauvette,
S'élancent tous sur le tyran des airs,
Que n'émeut point leur impuissante rage,
Suivent son vol et de leurs cris divers
Font vainement retentir le bocage.
Tel des chrétiens le courage discret
Défend Samson: mais, sourd à leur colère,
L'autre tirait sur l'épaisse crinière
Tant et si fort qu'il emporte tout net,
Et montre aux siens le bienheureux toupet,
Ce fut alors que les cris redoublèrent.
Du gros Samson la factice vigueur
S'évanouit, et ses genoux tremblèrent:
Il voulut fuir; l'intraitable vainqueur
D'un coup de poing acheva sa défaite.
De nos héros l'âme était stupéfaite.
Leurs ennemis s'élancent de nouveau,
Pour se saisir du nuage en litige.
A reculer d'abord on les oblige;
Car nous tenions à ce friand morceau:
Mais l'appétit chez eux se tourne en rage.
Revenant donc en vrais déterminés,
Ils forcent tout, et s'ouvrent un passage.
Il fallait voir sur ce pauvre nuage
Les combattants follement acharnés.
En sens contraire on le pousse, on le tire;
Chacun y met la griffe: on le déchire,
On le dépèce; et les flocons épars,
Chargés d'encens, volent de toutes parts.

On court après. Mais la milice entière
Du paradis s'ébranle en ce moment.
Du grand Michel tonne la voix guerrière;
Il marche, avance, et crie: Alignement!
La Trinité, qu'escortaient six mille anges,
Se place ensuite au quartier général,
Bénit trois fois ses nombreuses phalanges,
Et de l'attaque arbore le signal.
  Pauvres païens, la résistance est vaine,
Vous le voyez; que peut une centaine
De combattants, que peut l'Olympe entier
Contre une armée innombrable et chrétienne?
Le parti sage est de vous replier.
C'est ce qu'ils font, non pas sans quelque peine.
Serrés de près, les coups hâtent leurs pas.
De poste en poste, on les pousse, on les chasse.
Mars et Bellone arrivent, et leur bras
De l'ennemi réprime un peu l'audace.
Des rangs entiers sont renversés par eux,
On voit bientôt sur le pavé des cieux
D'anges, de saints, un abattis immense.
Mais d'autres saints, d'autres anges tout frais,
Que prudemment d'autres suivent de près,
Du fougueux Mars fatiguent la vaillance.
« Morbleu! dit-il, c'est à ne plus finir.»
Las de frapper, mais toujours formidable,
Le dieu s'arrête, et soutient sans pâlir
Des bataillons le choc épouvantable.
  Laissons-le faire, et sur le paradis
Tournons les yeux: on n'y voit que les saintes.
Qui, babillant, se confiaient leurs craintes
Sur le combat livré par leurs amis.
De ce troupeau dédaignant la cohue,
Plus loin Judith se promène à l'écart.
La tête basse, elle marche au hasard,
Elle est rêveuse et semble très émue.
Aux demi-mots qu'elle laisse échapper,
A son regard, à son geste, on soupçonne
Qu'un grand dessein occupe l'amazone,
Et qu'elle trouve une tête à couper.
Judith revient, et fortement s'écrie:
« Morbleu! j'enrage: au lieu de babiller,
Que n'allons-nous en silence étriller
De ces païens au moins une partie?
En ce moment quel rôle jouons-nous?
N'avons-nous pas des pieds, des mains, une âme?
Est-il bien vrai, bien prouvé qu'une femme
Dans tout combat doive avoir le dessous?
Je rendrai faux cet insolent proverbe
Accrédité par un sexe superbe.
Secondez-moi dans ce projet heureux;
Que d'entre vous les plus braves se lèvent:
Prenons en flanc ces brigands peu nombreux;
Déjà battus, que nos bras les achèvent.»
  Sa tête haute et son air triomphant,
D'un poing fermé le geste renaissant,
Son autre main sur la hanche placée,
Sa jambe droite avec grâce avancée,
Mais plus encor la nouveauté du fait,
De son discours assurèrent l'effet.
A ses côtés trois cents femmes se rangent;
Et prudemment leurs habits elles changent
Pour éviter tout accident fâcheux.
On prend des saints la jaquette légère,
Le bouclier, le casque et la rapière,
Et l'on promet de se battre comme eux.
  Du ciel Judith connaissait les passages:
Son bataillon derrière les nuages
Se glisse, avance, et se croit bien caché.
Mais sur l'Olympe en ce moment perché,
L'aigle attentif le découvre sans peine:
A Jupiter il en fait son rapport.
Au même instant le dieu du Pinde sort,
Et de soldats il prend une centaine.
Au pas de charge il marche à ces hussards,
Et brusquement se montre à leurs regards.
Qui fut penaud? Ces vaillantes donzelles
S'arrêtent court, délibèrent entre elles.
Et la moitié déjà tourne le dos.
Le général, que leur faiblesse irrite,
Gronde, pérore, et, jurant à propos,
Tant bien que mal au combat les excite.
  De son côté, l'intrépide Apollon
A sur deux rangs formé son bataillon.
Du fourreau d'or sa lame était tirée.

« Qu'est-ce, dit-il : ce maintien indécis,
Ces blanches mains, ces genoux arrondis,
Ces petits pas, cette marche serrée,
Annonceraient de faibles ennemis ;
De ces guerriers l'allure est malheureuse
Voyons pourtant, car la mise est trompeuse. »
Sur le plus proche il s'élance aussitôt,
Et, pour frapper, son bras nerveux se lève.
Notre héroïne, au seul aspect du glaive,
Pâle d'effroi, raisonne ainsi tout haut :
« Après le coup, immanquable est ma chute ;
Pour abréger, je tombe avant le coup. »
Et sur le dos une prompte culbute
Étend la belle. Apollon rit beaucoup ;
Mais remarquant sous sa courte jaquette
De sa frayeur une excuse complète,
« L'avez-vous vu ? dit-il à ses soldats ;
C'en est bien un !... je ne m'abuse pas.
Tant mieux ! levons ces trompeuses casaques ;
Ne tuons rien, mais des claques, des claques. »
   Ce mot heureux circule promptement,
Sur l'ennemi chacun tombe gaiement ;
Gaiement encore aux claques l'on procède
Le jeu s'échauffe, et malheur à la laide.
Toujours sur elle on tombe fortement,
Sur la beauté la main aussi se lève ;
Prête à frapper, jamais elle n'achève ;
On la voyait retomber doucement,
Du blanc satin caresser la surface,
Et, quelquefois... la bouche prend sa place.
   Les vieilles donc à grand pas détalaient ;
Avec lenteur les jeunes reculaient.
On les rattrape, et l'assaut recommence.
Il plaisait fort : c'était un jeu de main,
Qui ne fut pas pourtant jeu de vilain.
Ces culs de lis restaient en évidence :
De la victoire on voulut profiter,
On les retourne : ils y comptaient d'avance.
Quelle attitude ! et quel profond silence !
On entendrait une souris trotter.
   Des généraux doivent se battre ensemble,
Et la Judith appartenait de droit
Au dieu du Pinde. A l'écart il la voit.
« Viens, dit tout bas la belle, viens et tremble,
Je ne veux point disputer, tu m'auras ;
Mais cet honneur bien cher tu le paieras. »
Par Apollon aussitôt entreprise,
Sa chasteté résiste faiblement.
A ses désirs elle est bientôt soumise,
A tout se prête et hâte le moment
Où de ses sens il va perdre l'usage,
Mais prenant goût à ce charmant ouvrage,
Elle oublia de conserver les siens.
Dans le plaisir Apollon la devance,
Au but arrive et soudain recommence.
« Bon, dit Judith, à présent je te tiens. »
Sa main alors subtilement ramasse
Le fer tranchant auprès d'elle placé.
Le dieu la voit, et son bras avancé
Retient en l'air le coup qui le menace.
« Peste, dit-il, je remplis vos souhaits,
Je recommence, et votre main cruelle
Veut m'égorger ! Que feriez-vous, la belle,
Si ma faiblesse eût manqué vos attraits ?
Seriez-vous point la Judith... Oui, vous l'êtes,
Et votre zèle en veut toujours aux têtes.
Mais je suis bon ; loin de vous imiter,
A vos appas je prétends ajouter. »
   Le traître alors touche d'un doigt perfide
Le point précis où naît la volupté,
Ce point secret, délicat et timide,
Dont le doux nom des grecs est emprunté.
En même temps, quelques mots il prononce,
Des mots sacrés, sans doute ; et pour réponse
Le point touché de deux pouces s'accrut.
En frémissant Judith s'en aperçut.
Plus de longueur eût mieux valu pour elle ;
Au châtiment alors elle eût gagné ;
Mais Apollon, de sa fourbe indigné,
Lui donna trop, ou pas assez ; la belle
S'écria donc : Suis-je mâle ou femelle ?
Elle s'élance, et frappe à tour de bras
Le dieu malin, qui riait aux éclats.
Tout en riant, adroitement il pare :
La foule alors arrive, et les sépare.

Vous avez vu des vieilles le troupeau
Mal figurer dans ce combat nouveau,
Et par la fuite aux claques se soustraire
De tant courir il n'était pas besoin ;
A les poursuivre on ne s'empressait guère.
Elles font halte à six cents pas plus loin,
Et tristement regardent en arrière.
A cet aspect, lecteur, figurez-vous
Et leur surprise et leur dépit jaloux.
Que n'ose point une femme en colère !
La frayeur cesse ; on revient sur ses pas
Et l'on retombe en écumant de rage
Sur les pêcheurs, qui ne s'en doutaient pas.
Beaucoup avaient terminé leur ouvrage ;
Mais il restait encor quelques traîneurs ;
Et ces derniers se prêtaient à merveille
Au châtiment infligé par les vieilles,
D'une main sèche on claque ces claqueurs ;
Et leurs amis, qu'amuse un tel spectacle,
A la leçon bien loin de mettre obstacle,
Disaient : Il faut leur apprendre à finir.
Ceux-là fouettés, les guenons implacables
Fondent soudain sur les saintes aimables,
Qui du combat s'étaient fait un plaisir.
Pour préluder d'abord on s'invective ;
Aux coups de poing par degrés on arrive ;
La rage augmente ; on se prend aux cheveux ;
Au nez, au sein, à la jaquette, aux yeux,
Ailleurs encore ; et la troupe acharnée,
Que des païens animent les propos,
S'en va tomber sur les deux généraux.
Que fait alors l'héroïne étonnée ?
D'une voix forte elle s'écrie : « Holà !
Séparez-vous. Quel excès d'indécence !
Vit-on jamais pareille extravagance ?
Quoi ! vous veniez combattre ces gens-là.
Et sous leurs yeux... Le trait est impayable !
Au corps, au cœur vous avez donc le diable ?
Séparez-vous, coquines, ou ces mains
Vont arracher le reste de vos crins. »
Déjà l'effet a suivi la menace,
A droite, à gauche, elle frappe et terrasse,
Mais Apollon et ses heureux soldats,
Gais et contents, retournent sur leurs pas.
Ce lieu, témoin de leurs folles attaques,
Fut surnommé la Chapelle des claques.
   De vrais combats les attendaient ailleurs.
Leurs compagnons affaiblis, hors d'haleine,
Pliaient déjà ; la foule des vainqueurs
Entourait Mars ; Mars résistait à peine.
« Que voulez-vous, brigands du paradis ?
S'écriait-il ; quel démon vous travaille ?
N'approchez pas, sotte et vile canaille,
Ou de nouveau, moi, je vous circoncis. »
Malgré les traits qui pleuvent comme grêle,
Sur les vaincus entassés pêle-mêle,
D'un pied barbare il monte et s'affermit,
Frappé cent fois, son bouclier gémit ;
N'importe, à fuir il ne peut se résoudre.
Seul contre tous, il reste insolemment,
Comme un rocher que battent vainement
Les vents, les flots, et la grêle et la foudre.
   De son palais le souverain des dieux
Voit des chrétiens le triomphe rapide.
Sa main saisit la redoutable égide,
Et sur son aigle il monte furieux.
« N'écoutez pas une aveugle colère,
Lui dit Minerve, et cédez au destin.
De vos efforts qu'espérez-vous enfin ?
Ainsi que vous ces gens ont leur tonnerre ;
Il est tout frais, et le vôtre a vieilli.
Pourquoi lancer au Christ enorgueilli
De vains pétards ? Cachons notre impuissance ;
De la douceur donnons-lui l'apparence.
Vous le voyez, nos braves champions
Font éclater un courage inutile.
Qu'ils rentrent tous, ils sont à peine mille,
Et les chrétiens comptent par millions
Que de ces murs la force nous protège ;
Nous y pouvons soutenir un long siège.
Moi cependant chez les dieux étrangers
J'irai compter notre mésaventure.
Notre faiblesse et nos pressants dangers ;
De leur appui leur intérêt m'assure. »
   Cette leçon, mais surtout cet espoir,

Calma du dieu la fureur indiscrète ;
A la prêcheuse il donna plein pouvoir,
Et sans délai fit battre la retraite.
Il eut raison ; ce combat inégal
A ces guerriers allait être fatal.
Bellone et Mars, affamés de carnage,
N'obéissaient qu'en frémissant de rage.
Plus furieux à ce dernier moment,
Ils se pressaient d'assommer et d'abattre ;
Puis en arrière ils marchaient lentement,
Et quelquefois revenaient brusquement
Sur les chrétiens qui tombaient quatre à quatre
On les eût pris de loin pour les vainqueurs.
En ordre ainsi les païens se retirent ;
De la montagne ils gagnent les hauteurs ;
Et, renfermés dans leurs murs, ils respirent.
   L'ardent Michel se présente aussitôt.
Et des remparts il veut tenter l'assaut :
Mais tous n'ont pas son courage héroïque.
Le jour fuyait, et l'ombre pacifique,
Au doux sommeil invitait le soldat :
Pour murmurer chacun ouvrait la bouche,
Quand le Trio, qui jamais ne découche,
Au lendemain renvoya le combat.
Devant les murs, autour de la colline,
Six bataillons par Michel sont placés ;
Au paradis le reste s'achemine,
Sur des brancards emportant les blessés.
   On n'entend plus le fracas de la guerre ;
Après la gloire on cherche le repos ;
Et le poltron, ainsi que le héros,
Au doux sommeil a livré sa paupière.
Priape et Mars, aux portes du palais,
Étaient de garde avec tous les Satyres.
« Eh quoi ! dit Mars, tu rêves, tu soupires ?
De ces brigands tu crains donc le succès ?
— Moi ! point du tout ; mais l'ennui me consume.
— Je m'en doutais. Aux Satyres vraiment
Ce métier-ci ne convient nullement.
Veiller sans fruit n'est pas votre coutume ;
La continence est pour vous un tourment ;
Que je vous plains ! — Mal à propos tu railles,
Dans ce moment je songeais aux batailles ;
Un grand projet occupait mon esprit.
— Qu'est-ce ? Voyons. — Je voudrais à profit
Mettre ce temps qu'au sommeil on enlève.
— Par quel moyen ? — J'en connais un. — Achève.
— Tu sais la guerre ; aussi tu conviendras
Qu'il n'est jamais de siège sans sortie ;
C'est une règle au Parnasse établie.
Sur ces messieurs qui sommeillent là-bas
J'en veux faire une ; et ne t'oppose pas
A mon projet. Mes Satyres fidèles,
Ainsi que moi, connaissent les chemins ;
La nuit est sombre, il faut qu'à ces gredins
J'aille couper le prépuce et les ailes,
— Embrasse-moi, mon ami ; tes soldats
Doivent aimer les nocturnes combats ;
Hâtez-vous donc, et partez pour la gloire. »
La porte s'ouvre ; aussitôt ces pandours,
Enveloppés de l'ombre la plus noire,
Quittent l'Olympe, hélas ! et pour toujours.

CHANT IV

Histoire du juif Panther, de Marie et de Joseph. Saint Elfin tente
Jésus-Christ et déserte. Sainte Geneviève et saint Germain.
Priape et ses compagnons sont faits prisonniers, acceptent le
baptême, et viennent sur la terre fonder les ordres monastiques.

En vérité, frères, je le répète,
Anges et saints pêle-mêle étendus,
Mais décemment couverts d'une jaquette,
Dormaient alors du sommeil des élus.
L'un deux pourtant, sujet à l'insomnie,
De ces ronfleurs fuyant la compagnie,
Se promenait avec le bon Elfin,
Du purgatoire arrivé le matin.
Elfin disait : « Fais cesser ma surprise,
Ami Panther, et parle avec franchise,
Je te croyais au fin fond des enfers.
Jérusalem a vu notre jeunesse
Narguer les rois, afficher la mollesse,
Et des Romains imiter les travers.
Les jeux bruyants, les belles courtisanes,
Les longs dîners, et les soupers profanes,

Du paradis ne sont pas le chemin.
Je me damnais : la vieillesse y mit ordre.
Privé de dents, je ne pouvais plus mordre.
De Jésus-Christ le système atelier
Me plut alors (j'aime les paraboles) ;
Je l'adoptai, sans trop l'approfondir ;
Et sur mes pas craignant de revenir,
J'assommai vite un prêtre des idoles.
Je fus brûlé tout vif, et bien martyr.
Je t'en réponds : je soutins la gageure :
Sans cris, sans pleurs, j'endurai la torture.
Sur des tisons cuisant à petit feu,
A mes bourreaux je faisais la grimace.
Mais quelquefois murmurant à voix basse,
Entre mes dents je disais: Sacredieu !
Et ce mot seul, qui ternissait ma gloire,
Pour trois cents ans me mit en purgatoire,
Là, de nouveau chauffé, cuit et recuit.
Mon corps chétif en charbon fut réduit.
Juge, mon cher, si c'est avec délices
Que de la nuit je hume la fraîcheur !
As-tu connu ces horribles supplices ?
Es-tu martyr ou simple confesseur ?
— Ni l'un ni l'autre. — Au moins la pénitence
De tes excès répara la licence ;
Tu fus dévot ? — Jamais, en vérité.
Pensant, vivant comme à mon ordinaire,
Pour être saint il m'en a peu coûté ;
Je n'ai rien fait, je me suis laissé faire.
— Explique-toi. — Lorsque Jérusalem
Ne m'offrit plus d'aventure nouvelle,
Je la quittai. Non loin de Bethléem
Je possédais une terre assez belle.
Je comptais seul y passer quelques jours ;
Quand le hasard, qui m'a servi toujours,
Me fit connaître une jeune grisette,
Brune, il est vrai, mais du reste parfaite.
Son vieux mari, méchant charpentier,
Ne gagnant rien, vivait dans la misère.
Je l'occupai, je doublai son salaire,
Et j'agrandis son chétif atelier.
Par mes bontés sorti de l'indigence,
Il s'épuisait en longs remercîments ;
Et sa moitié, sensible à ma constance
M'en fit aussi : mais quelle différence !
Je m'y connais, les siens furent charmants.
Je trouvai tout dans ma jeune maîtresse,
Beauté, fraîcheur, innocence et tendresse.
Sans soin, sans art, à mes sens étonnés,
Depuis longtemps muets pour les Phrynés,
Elle rendit la vie et la parole.
J'en eus besoin ; l'époux malignement
Avait tout à faire à l'amant.
D'un tel malheur sans peine on se console.
Un accident au bout de quelques mois
Inquiéta notre vierge discrète :
Moi, j'en riais ; sa taille rondelette
Ne pouvait plus tenir dans mes dix doigts.
Cet embonpoint me la rendit plus chère.
Le vieux mari, qui s'avisait à tort
D'être jaloux exhala sa colère.
De l'assommer je fus tenté d'abord ;
Mais la pitié vint modérer ma bile.
Dans son grenier j'allai donc me cacher :
Là, vers minuit, sautant sur le plancher,
Par ce fracas, j'éveillai l'imbécile,
Et je lui dis avec un porte-voix:
« Ton Dieu te parle ; écoute, misérable.
Ta femme est grosse et ne fut point coupable ;
Respecte-la, je le veux, tu le dois.
Point de soupçons, d'humeur, ni de querelle.
A son insu j'ai fécondé son sein ;
Je bénirai l'enfant qui naîtra d'elle,
Fille ou garçon, sur cet enfant divin
J'ai des projets: honore donc sa mère ;
Fais bon ménage, ou gare le tonnerre ! »
Cette menace effraya le barbon :
Dès ce moment sa douceur fut extrême.
L'aimable vierge accoucha d'un garçon,
Et ce garçon, c'est Jésus-Christ lui-même.
— Quoi! notre dieu ! Notre dieu. Quel blasphème !
— Sa mère ici jouit d'un grand pouvoir.
Elle voulut auprès d'elle m'avoir,
Et se chargea d'arranger cette affaire.
'y consentis ça e l'aime toujours.

On se permit quelques malins discours ;
Je rembarrai les plaisants du parterre,
Et de ma vierge un coup d'œil les fit taire.
— Quand je vivais, j'ai souvent entendu
De Jésus-Christ conter ainsi l'histoire.
De Bethléem ce bruit s'est répandu
Chez les païens, mais j'étais loin d'y croire.
Il est ton fils ! et moi qui bonnement
Ai pour cet homme enduré le martyre ?
Sur des tisons je me suis laissé cuire,
Pour qui ! Pour un... » — Ton zèle assurément
Fut excessif, et je t'en remercie.
— Dans votre ciel je ne resterai pas ;
Non sacredieu ! je vole de ce pas
Chez les païens: bonsoir. — Autre folie !
Arrête, écoute... » Elfin ne l'entend plus:
Il désertait en reniant Jésus.
Panther en vain se met à sa poursuite ;
L'obscurité favorisait sa fuite,
Et dans sa course il dépassait les vents.
Las de chercher, et las surtout de rire,
Le jeune Hébreu revenait à pas lents.
Un léger bruit sur la gauche l'attire:
Avec prudence il approche, et soudain
Il reconnaît la voix rauque d'Elfin.
« Oui, disait-il, l'affaire est immanquable ;
Ici tout ronfle, et pour un coup de main,
Jamais instant ne fut plus favorable.
Allons, Priape, allons, il faut enfin
Dépuceler ces onze mille vierges
Pour qui Cologne a brûlé tant de cierges.
Ce troupeau-là, loin des autres troupeaux,
Couche à l'écart et couche sur le dos. »
« Bon ! dit tout bas le fripon qui l'écoute ;
Un coup de main, des viols ; de l'effroi,
Des cris d'alerte et du trouble sans doute ;
La circonstance est heureuse pour moi :
Dans ce fracas je peux à ma petite
Faire en secret une courte visite. »
Du sanctuaire, où le divin Trio
Dort quelquefois sous un double rideau,
A pas pressés notre saint se rapproche.
Pour la décence on a construit tout proche
Une chapelle où la Vierge, au besoin,
Se retirait sans suite et sans témoin.
Pendant la nuit ses charmes y reposent.
Le beau Panther, d'un œil brûlant d'amour,
Lorgnait la porte ; il rôdait à l'entour :
Mais à ses vœux des importuns s'opposent.
Devant le trône est un poste nombreux ;
Pour échapper au sommeil qui les presse,
Ces découvrés causaient tout bas entre eux,
Allaient, venaient, et revenaient sans cesse.
L'ange Azénor, d'ici-bas arrivant,
Désennuyait le céleste auditoire ;
D'un ton d'humeur il contait son histoire,
Et des soupirs l'interrompaient souvent.
« Vous le savez, disait-il, sur la terre,
Près de Lutèce, au hameau de Nanterre,
J'avais en garde une jeune beauté :
Chez les mortels son nom est Geneviève.
J'aimais sa grâce et sa naïveté ;
J'espérais tout de cette chaste élève.
Auprès d'un bois sur le bord d'un ruisseau,
Elle habitait un petit ermitage.
Des voyageurs évitant le passage,
Elle y veillait sur un petit troupeau ;
Elle chantait, assise sous l'ombrage,
Tressait des joncs ; et sa débile main
Soignait de plus un modeste jardin.
Mais pour trouver une église, une messe,
Il lui fallait aller jusqu'à Lutèce.
Dans cette église elle voyait souvent
Un jeune abbé, propre, doux et décent,
Joli, bien fait, aux pauvres secourable,
Et qui, sur elle, au moment de sortir,
Jetait toujours un regard charitable
Accompagné du plus tendre soupir :
C'était Germain. A la sainte nouvelle
Il en voulait ; mais pur, autant que belle,
Ma Geneviève alors soupçonnait peu
Qu'on pût aimer autre chose que Dieu.
J'étais surtout l'objet de ses prières :
A tout moment son ange elle invoquait
A lui donner des pensers salutaires ·

Jamais aussi son ange ne manquait.
Soins superflus ! Un matin, la bergère,
Voulant au pré conduire ses moutons,
Voit qu'une eau pure a lavé leurs toisons,
Et s'aperçoit qu'une main étrangère
Dans son jardin n'a laissé rien à faire.
Son esprit cherche, et ne peut concevoir
Quand et comment ce prodige rapide
S'est opéré. Ce fut bien pis le soir.
Pour tout festin prenant un pain fort noir,
Elle s'en va puiser l'onde limpide.
Elle revient ; sa table offre à ses yeux
Le lait durci, des fruits délicieux,
Un pain très blanc, et le miel et la crème.
A cet aspect sa surprise est extrême.
D'abord, timide, elle craint d'approcher ?
Et sur les mets qu'elle n'ose toucher
Deux fois sa main de la croix fait le signe.
Ne voyant pas s'altérer leur couleur,
Ni leurs parfums, elle dit dans son cœur :
« Ces présents-là me viennent du Seigneur ;
Je les reçois, mais je n'en suis pas digne. »
En y goûtant, elle réfléchissait
Sur ce miracle, et dans sa petite âme
La vanité doucement se glissait ;
Car une sainte, hélas ! est toujours femme.
La mienne au moins de ce naissant poison
Sut préserver à temps son innocence,
Elle savait, malgré son ignorance,
Que sur ce point Dieu n'entend pas raison ;
Sachant aussi qu'à la moindre fredaine
Il est prudent d'ajouter aux remords
La discipline, elle cherche la sienne,
Bien résolue à fouetter son beau corps.
Nouveau miracle ! elle trouve à sa place
Un gros bouquet de myrtes et de fleurs
Sur ses genoux elle tombe avec grâce,
Et du Très-Haut reconnaît les faveurs.
Mais cependant son péché la chagrine,
Et sa ferveur brûle de l'effacer.
Pour suppléer à cette discipline
Qu'elle n'a plus, elle veut ramasser
Le caillou dur, et la ronce et l'épine :
Sur ce beau lit elle prétend se coucher.
Dans les buissons elle va donc chercher
Épine et ronce ; et la nuit déjà sombre
Pour l'arrêter semble épaissir son ombre.
Au même instant la plus douce des voix
Lui dit ces mots : « Écoute et sois sans crainte.
On pèche encore alors que l'on est sainte.
Dieu te pardonne ; il t'aime, tu le vois.
Ne cherche plus la ronce ni la pierre ;
Va, le sommeil est fait pour ta paupière. »
Vive à l'excès, mais courte fut sa peur,
Et le chagrin s'éloigna de son cœur.
Elle regagne aussitôt sa chaumière.
Le vent sans doute éteignit la lumière
Qu'elle y laissa : très bien l'on s'en passait.
La jupe tombe, ensuite le corset ;
D'un léger voile elle entoure sa tête,
Et la chemise est son seul vêtement.
Elle se couche. O prodige charmant !
Ce jour pour elle était un jour de fête.
Le lit, les draps, de roses sont couverts ;
Leur doux parfum s'exhale dans les airs ;
Et tout à coup d'une voix amoureuse
Elle s'écrie : « O vous, mon cher soutien,
Ange du ciel, qui me gardez si bien,
De vos bontés Geneviève est honteuse ;
Car c'est à vous que mon modeste lit
Doit de ces fleurs la parure inconnue,
N'est-il pas vrai ? — Sans doute, répondit
La même voix qu'elle avait entendue.
— Ah ! — Ne crains point. — Connaissez mes souhaits
Ange charmant ; montrez-vous à ma vue,
Et couronnez ainsi tous vos bienfaits.
— Dieu le défend ; un châtiment sévère...
— J'abjure donc ce désir téméraire ;
Je vous crois beau. — Trop pour tes faibles yeux.
— Puis-je du moins vous toucher ? — Tu le peux. »
L'ange s'approche : aussitôt l'imprudente,
Pour s'assurer qu'il vient du paradis,
Ose toucher sa tunique flottante,
Sa main douillette et ses bras arrondis,
De ses cheveux les boucles naturelles,

DÉSHABILLÉ DE NUIT DE LA VIERGE MARIE

Son joli nez, les lèvres immortelles
D'où s'échappait une aussi tendre voix,
Son frais menton, et surtout ses deux ailes,
Qui constataient sa nature et ses droits.
Cet examen, qu'elle prolonge encore,
Trouble son âme, et sa tête et ses sens,
Elle se livre au danger qu'elle ignore;
Ses bras tendus deviennent caressants :
Certain désir et l'entraîne et l'agite;
Un feu nouveau s'allume dans son sein;
Et sur ce sein qui se gonfle et palpite,
De l'ange heureux elle presse la main.
Il profita de l'aimable attitude,
Et lui disait, pour ne pas l'étonner :
« Dieu, qui m'entend, par moi te veut donner
Un avant-goût de la... béatitude. »
Qui donc tenait cet amoureux discours?
Ce n'est pas moi, morbleu! dont bien j'enrage :

De la parole on nous défend l'usage;
C'était Germain, qui, depuis quelques jours,
Incognito logé dans le village,
Rôdait sans cesse autour de l'ermitage.
Vous concevez ma honte et mon courroux.
A son destin j'abandonne la belle,
Et me voilà : des esprits comme nous
Ne sont pas faits pour tenir la chandelle. »
    Ainsi parlait cet ange humilié.
Loin d'applaudir au courroux qui l'agite,
De sa disgrâce on riait sans pitié.
    On eût mieux fait pour notre Israélite
De s'endormir. Dans un coin retiré,
Craignant les yeux, il se lassait d'attendre.
Arrive enfin le moment désiré,
Des cris confus de loin se font entendre :
« Alerte! alerte! On viole, on pourfend
Saintes et saints. Debout! qu'on se dépêche!

Ils sont ici, non, c'est là qu'ils font brèche.
A droite! à gauche! en arrière! en avant! »
    Le rusé Juif, dans ce trouble propice
Qu'entretenait le lugubre tocsin,
Facilement accomplit son dessein.
Dans la chapelle en secret il se glisse.
« Qui va là? — Moi.— Qui vous? — A ce baiser,
A mes désirs, tu peux me reconnaître.
— Oses-tu bien?.. — L'amour fait tout oser.
— Quelle imprudence! on t'aura vu peut-être.
— Non, les païens occupent nos soldats,
On crie, on pleure, on viole, on s'échine :
Je viens aussi, mon ange, à la sourdine,
Te violer; mais tu ne crieras pas.
— Tes yeux encor me trouvent donc passable?
— Tu le sais trop; l'amour, le tendre amour,
Est mon seul bien; il me rend supportable
Du paradis l'insipide séjour.

Je périrai d'ennui sans ta présence.
Ces charmes-là sont les dieux que j'encense.
Dieux du bonheur, dieux potelés et doux,
Dieux complaisants, tant fêtés sur la terre,
Je vous bénis, je vous adore tous,
Et je fais mieux. » Chrétiens, laissons-le faire ;
Les violeurs attendent nos regards :
Sur eux les Saints fondent de toutes parts ;
On les empoigne au milieu des pucelles,
Non pas debout, mais couchés auprès d'elles ;
Non pas auprès : qu'importe ! ils sont tous pris.
Dans la capture Elfin n'est pas compris ;
L'adroit Elfin, dès l'attaque première,
Des violeurs déserta la bannière,
Et le fripon, pour éviter leur sort,
S'était rangé du parti le plus fort.

  Voilà Priape, et sa troupe cynique
Devant leur juge, et pour eux c'est un jeu.
L'air impudent, l'attitude lubrique
De ces vauriens, scandalisent un peu
Du doux Jésus l'œil dévot et pudique.
Le beau pigeon, surpris et satisfait,
D'un nouveau psaume entrevoit le sujet.
Mais le Pater, qui de rien ne s'étonne :
- Or ça, Priape, avec tes compagnons,
Que faisais-tu chez mes vierges ? réponds.
— Je les... l'arbleu ! la question est bonne !
Ne sais-tu pas ce qu'aux vierges l'on fait ?
— Tu violais ? — Mais... pas trop. — Parle net,
Et laisse-là tes phrases ambiguës.
— Soit ; c'est à tort que vous avez niché
Dans votre ciel ces vierges prétendues ;
Une moitié pour le moins a triché.
— Tu mens, coquin. — Regardes-y, bon Père,
Et tu sauras qui de nous a menti
La résistance est nulle ou très légère ;
Tu vois pourtant comme je suis bâti.
— Vierges ou non, votre crime est le même.
Vous méritez l'enfer... ou le baptême ;
Il faut choisir. — Pouvons-nous balancer ?
Qu'on nous baptise ; aussi bien je m'ennuie
Dans cet Olympe où l'homme nous oublie,
Et d'où bientôt il pourra nous chasser. »

  Au même instant la cohorte profane
Courbe la tête et reçoit sur le crâne
Trente seaux d'eau par des anges lancés.
Pour ces brigands était-ce bien assez ?
« Ainsi soit-il, et nous voilà des vôtres,
Dit saint Priape : allons, employez-nous ;
Vous n'aurez pas de plus fermes apôtres,
Ni nos païens de rivaux plus jaloux. »
Jésus alors : « Ils sont francs et sincères,
Leur zèle est vif : mon père, employons-les.
— Qu'en ferons-nous ? — Dès longtemps je voulais
Chez les chrétiens former des monastères :
Dans ce projet ces gens me serviront.
Forts et nerveux, sans peine ils soutiendront
L'ennui du cloître et sa longue paresse :
A ces vertus ils joindront quelque adresse ;
Et nos couvents bientôt se peupleront.
— D'un prompt succès, mon fils, ton plan est digne,
Naissez, croissez pour féconder ma vigne ;
Multipliez, Carmes, Bénédictins,
Frères prêcheurs, Frères ignorantins,
Dominicains, Bernardins, Franciscains,
Les uns chaussés, les autres sans chaussure,
Barbus ou non, avec ou sans tonsure ;
Gris, blancs ou noirs, mendiants ou seigneurs ;
Et vous aussi, nonnes, mères et sœurs,
Moines en jupe, à la guimpe flottante,
Troupe jeûnante, et priante et chantante ;
Soldats du Christ, épouses de la croix,
Vous tous enfin qui vivez de mes droits,
Pour mes soutiens du doigt je vous désigne ;
Naissez, vous dis-je, et fécondez ma vigne. »

  A ce discours noblement déclamé,
Le Saint-Esprit, en souriant, réplique :
« Très bien, mon cher, ce style est poétique,
En me lisant, votre goût s'est formé. »

  Tandis qu'il parle, on habillait nos drôles ;
De blanche laine on couvre leurs épaules,
Et leur poitrine, et leurs membres velus ;
Un long cordon presse leurs reins charnus.
Un pied de bouc avec peine se chausse ;
On l'élargit, on l'allonge, on le fausse,

D'un pied de moine on lui donne l'ampleur,
Sans rien changer à sa première odeur.
On tond leur tête, ensuite on la décore
D'un large froc noué sous le menton :
Embéguiné de ce blanc capuchon,
Leur muffle noir paraît plus noir encore.
Ainsi vêtus, d'un air très dégagé,
De Jésus-Christ ils vont prendre congé ;
Et chacun d'eux fait serment d'être sage
Il les bénit en disant : Bon voyage.
Anges et saints répètent : Bon voyage.

  Le beau Panther entend ce dernier mot :
Il en conclut que la scène est finie.
Droit sur la bouche il baise son amie.
La baise encore et s'échappe aussitôt.
Mais un quidam, qui près de là repose,
Le voit sortir sans distinguer ses traits.
Comment garder de semblables secrets ?
Le lendemain il raconte la chose.
Ce récit plaît, et passe en un moment
De bouche en bouche et d'oreille en oreille.
Pour l'Angelus la Vierge se réveille,
Et sort enfin de son appartement.
Sa bouche encore et s'entr'ouvre et soupire :
Ses grands yeux noirs se ferment à demi :
La pauvre enfant! elle avait peu dormi.
On l'examine, et les plaisants de dire :
« De notre reine heureux le favori !
Est-ce Panther, ou l'ange petit-maître,
Ou le pigeon ? Ma foi, tous trois peut-être ;
Mais à coup sûr ce n'est pas le mari. »

CHANT V

Des jolies Bacchantes séduisent et enivrent presque tous les Chrétiens employés au blocus. Dispute scientifique et scanda'euse. Impiété de saint Carpion. Une païenne reçoit de saint Guignolet les sept sacrements. Extravagances de nos bienheureux ; ils entrent dans l'Olympe.

Gens du bon ton, galants auprès des dames,
Et qui souvent surprenez leurs faveurs,
Dans vos discours insolents et moqueurs
Vous dénigrez, vous outragez les femmes.
Celles qu'amour jeta dans vos filets,
Que vous avez, ou que vous avez eues,
Celles aussi que vous n'aurez jamais,
Celles encor qui vous sont inconnues ;
Toutes enfin à vos malins propos
Servent de texte, ou véritable ou faux.
Hommes ingrats! forts de vos privilèges,
Pour triompher de leur faible raison,
Vous osez tout : de la séduction
Devant leurs pas vous semez tous les pièges ;
Les soins adroits, les transports renaissants,
Et la louange, et la gaîté folâtre,
Et les soupirs plus doux et plus touchants,
Rien n'est omis ; elles ont à combattre
Tout à la fois, vous, leur cœur et leur sens :
Et votre bouche accuse leurs faiblesses !
Et sans profit, souillant votre bonheur,
Méchants et vils, à leurs tendres caresses
Vous imprimez le sceau du déshonneur !
Lâches ingrats ! corrigeant son ouvrage,
Si la nature à ce sexe charmant
Voulait donner votre force en partage,
On vous verrait changer timidement,
Non pas d'esprit, mais au moins de langage.
Que le mépris soit votre châtiment ;
Il vous est dû. Certains que la vengeance
Ne suivra pas une facile offense,
Vous outragez ce sexe désarmé,
Flatté toujours et toujours opprimé.
Par ses refus du moins qu'il vous punisse.
Pour vous, lecteur, aux femmes plus propice,
Sur leurs erreurs fermez vos yeux discrets,
Et de l'amour respectez les secrets.
L'on est souvent méchant par jalousie,
Vous le savez ; n'imitez pas les Saints
Qui sur la belle et sensible Marie
Se permettaient quelques propos malins.
  Du paradis tandis que le parterre,
En médisant, égayait l'Angelus,
Plus loin nos Saints, employés au blocus,
Riaient aussi, mais d'une autre manière.
De ces remparts, que leurs yeux observaient,

Subitement une porte s'entr'ouvre
On s'arme, on tremble, on regarde, on découvre
Un faible enfant que des femmes suivaient
C'était l'Amour conduisant les Bacchantes;
C'était un piège à nos héros tendu.
Par leur beauté ces prêtresses galantes
Peuvent d'un ange ébranler la vertu.
Nos gens alors reprennent leur courage,
Serrent les rangs et marchent à grands pas
Sur l'ennemi qui ne s'enfuyait pas.
Et qui gaîment poursuivait son voyage.
« Ces femmes-là n'ont pas peur, et font bien
Dit l'ange Esral ; j'aime assez les déesses. »
Saint Jean répond : « Leur habit, leur maintic!
Ne semblent pas annoncer des princesses.
— Reconnais-tu ce que portent leurs mains
— Un léger thyrse et d'excellents raisins.
Ce sont, je crois, de jeunes vivandières ;
A nous combattre elle ne songent guères.
— La peau d'un tigre enveloppe à demi
Leurs corps d'albâtre ; et conviens, mon ami,
Que de ces corps les formes sont parfaites.
Vois ces genoux, ces cuisses rondelettes,
Doux oreillers faits pour la volupté ;
Ces cous charmants ; la tournure divine
De ces tetons que la fraise termine,
Et que soutient leur propre fermeté.
— Ne vois pas trop, et par prudence abrège
Cet examen. — De pampre couronnés,
Leurs cheveux noirs, aux vents abandonnés,
Font ressortir leurs épaules de neige.
— Encor ? — Leurs mains caressent tour à tour
Ce bel enfant, qui sans doute est l'Amour.
— Serait-ce le fils de Cythérée ?
Non ; voilà bien ses ailes, son flambeau ;
Mais je ne vois ni carquois, ni bandeau.
Remarques-tu cette marche assurée,
Ces pieds de bouc et ce poil indécent ?
Il a tout l'air d'un Satyre naissant.
— Satyre ou non, partout il saura plaire ;
De l'autre Amour c'est sans doute le frère. »
  A l'ignorant, qui juge avec rigueur,
Cet entretien doit paraître un peu leste ;
Mais dans les camps cherche-t-on la pudeur ?
L'oisiveté, l'exemple si funeste,
A la licence y disposent le cœur :
On n'y croit pas à la valeur modeste ;
L'oreille y veut de graveleux discours,
Des mots hardis ; et l'homme le plus sage,
Sans le vouloir, y prend en peu de jours
D'un grenadier les mœurs et le langage.
Il te sied bien, vain et chétif mortel,
De critiquer ce que l'on dit au ciel !
  Esral approche, et fortement il crie :
« Halte-là ! — Soit, lui répond Agérie.
— Où courez-vous si gaîment ? et pourquoi
Porter ici votre pied téméraire ?
— Le sage a dit : On n'est bien que chez soi.
Quittant du ciel la demeure étrangère,
Nous retournons sagement sur la terre.
— Je vous en crois ; mais l'on ne passe pas :
J'en suis fâché pour vos jeunes appas
— Beau général, votre bouche est sévère ;
Heureusement vos regards sont plus doux
Vous nous prenez pour femmes d'importance;
Vous vous trompez ; grisettes comme nous
Peuvent passer, et sont sans conséquence.
— Mais vous portez des vivres à vos dieux ;
C'est aux chrétiens un dommage, une injure.
—Non, ces fruits-là sont pour nous, je vous jure.
On se nourrit autrement dans les cieux.
— Elle a raison. Quoi ! ces grappes vermeilles
Ne tentent point vos maîtres dédaigneux ?
— Jamais Noé n'en cueillit de pareilles,
N'est-il-pas vrai ? — Je le crois.— Faites mieux,
Goûtez. — Oh ! non. — Goûtez-en, je le veux.
A vos soldats mes compagnes honnêtes
Ont présenté leur déjeuner frugal,
Faites comme eux, aimable général.
— Eh bien ! donnez, friponne que vous êtes.
— Je reconnais cette insigne faveur.
— De ces raisins exquise est la saveur.
J'ai voyagé quelquefois en Syrie :
Du bon Noé je daignais visiter
L'humble cabane et la treille chérie ;

Chez Abraham j'aimais à m'arrêter ;
Loth m'hébergea dans la ville coupable
Dont le nom seul outrage la beauté :
Vous concevez comme j'étais fêté !
Des fruits choisis pour moi couvraient leur table,
J'ai touché même à ces fameux raisins
Que rapportaient de la terre promise
Les éclaireurs envoyés par Moïse :
Ils étaient bons, les vôtres sont divins. »
    Tous déjeunaient avec pleine assurance.
Trop confiants, aucun n'a soupçonné
De ces doux fruits la magique puissance ;
Ils enivraient. Déjà l'ange étonné
Dans son cerveau cherche en vain sa prudence ;
Il y trouva le trouble et la gaîté.
Il se console, et croit gagner au change.
Des étourdis qui l'avaient imité
Plus vite encore la tête se dérange.
Au milieu d'eux, de ses hardis projets
L'Amour malin contemplait le succès.
A nos soldats, que charmait sa figure,
Il avait fait d'adroites questions ;
Du bon Priape et de ses champions
Par nous il sut la bizarre aventure :
Il se vengeait, et nous le bénissions.
Voyez un peu ces galantes prêtresses
Aux yeux lascifs, aux perfides caresses,
A nos guerriers tendre de jolis bras,
De pampres verts orner leurs cheveux plats,
Et leur presser des raisins sur la bouche !
Aux coups légers du thyrse qui les touche,
De leur bon sens le reste a disparu.
Dieu ! quels propos alors se font entendre !
Chacun déjà d'une belle est pourvu,
Et dit *amen*. Les Saints ont le vin tendre.
    De nos guerriers cependant quelques-uns,
Toujours grondeurs et toujours importuns,
Vieux impuissants, qui jamais n'ont su rire,
Et que l'amour dédaigna de séduire,
De ces péchés, spectateurs envieux,
Criaient, tonnaient, et prêchaient de leur mieux.

MOÏSE

Comment, chrétiens ! ici, dans le ciel même !
On punira cette insolence extrême ;
Dieu saura tout : il est le dieu vengeur.

SAINT BLAISE

Oui, faux élus, l'enfer va vous reprendre.

MOÏSE

Ils font les sourds ; quel excès d'impudeur !

SAINT BLAISE

Oubliez-vous que votre créateur
Par un seul mot au néant peut vous rendre ?

L'ANGE ESRAL

Mon créateur ? Votre dieu ne l'est point.

SAINT BLAISE

Vous blasphémez.

L'ANGE ESRAL
            Les nations antiques
Ont reconnu des esprits angéliques ;
Le monde entier fut d'accord sur ce point.
Juifs et chrétiens venus après les autres,
Nous ont trouvés tout faits. Soyez des nôtres,
Nous dirent-ils, et peuplez notre ciel.
Très volontiers, répondit Gabriel ;
Et pour nous tous il portait la parole.
Tais-toi donc, Blaise, et retourne à l'école.

SAINT GUIGNOLET, à Moïse.

Quoi ! vous pillez Mages, Phéniciens,
Brahmanes, Grecs, Parsis et Chaldéens ;
Lépreux et nus, encroûtés d'ignorance,
Du Nil au Gange on vit votre indigence
Quêter, voler, au hasard ramasser
De vieux haillons, les recoudre en Syrie,
Sur votre corps sans goût les entasser ;
Et puis tout fiers de cette friperie,
Pour créateurs vous voudriez passer !

SAINT CARPION, à Moïse.

Ton beau serpent, natif de Phénicie,
D'un autre Éden franchissant le fossé,
Attaqua l'homme, et s'en vit repoussé.

MOÏSE

Chicane ! Allons, ma pomme est plus jolie.

SAINT CARPION

Soit ; mais déjà la curiosité,
Bien avant Ève, avait séduit Pandore :
Ce trait charmant, ta plume l'a gâté.

SAINT BLAISE

Quel baragoin !

SAINT GUIGNOLET
            Et du déluge encore
Oseras-tu t'attribuer l'honneur ?

MOÏSE

Je l'oserai, car j'en suis l'inventeur.

SAINT GUIGNOLET

Deucalion, Ogygès...

MOÏSE
            O prodige !
Saint Guignolet savant !

SAINT BLAISE
            Il a trop bu.

MOÏSE

Carpion parle !

SAINT BLAISE

Il a trop bu, te dis-je.

MOÏSE

De ces raisins quelle est donc la vertu ?

SAINT CARPION

Au grand Bacchus rends sa baguette antique.
Sa double corne, et son pouvoir magique.

MOÏSE

Si j'ai volé ce fut sans y penser.

SAINT GUIGNOLET

Au moins, mon cher, il faut t'en confesser.

SAINT CARPION

Votre Samson, si gros, si ridicule,
Ressemble en laid au vigoureux Hercule :
Par une femme ils sont trahis tous deux.

SAINT GUIGNOLET

Jephté, son vœu, sa fille infortunée,
Rappelle trop le Grec Idoménée.

MOÏSE

Vous tairez-vous, raisonneurs malheureux ?

SAINT CARPION

De Josué vantez moins l'harmonie ;
C'est d'Amphion la plate parodie.
Par ses accords Amphion bâtissait ;
En détonnant Josué renversait.

MOÏSE

Des nouveaux Saints voilà bien l'injustice !
Des pauvres Juifs ils se moquent toujours,
Que feriez-vous pourtant sans leur secours ?
Otez la base, adieu tout l'édifice.
Le Christ est Juif et Juive est la beauté
Que l'Esprit-Saint...

SAINT GUIGNOLET
            Bah, bah, la Trinité !
Du nombre trois, j'ignore la puissance ;
Mais de tout temps il eut la préférence.
Bien avant nous le Gange proclama
Vichnou, Shiven, et leur aîné Brahma.

MOÏSE

La Trinité serait donc Indienne ?

SAINT GUIGNOLET

Jadis l'Egypte avait aussi la sienne ;
Isis, Horus et le père Osiris.
On la retrouve en de lointains pays.
Nous combattons la Trinité païenne,
De cet Olympe antique souveraine,
Mais lis Platon, et tu reconnaîtras
Le germe obscur de la triple personne
Que pour du neuf aujourd'hui l'on nous donne.

SAINT CARPION

Il a raison : *in vino veritas.*

SAINT BLAISE

Du grec ?

MOÏSE
            Eh non, du latin.

SAINT BLAISE
            C'est tout comme.
Voyez l'ivresse ! il était si bonhomme !
Ah ça, messieurs, croyez-vous à Jésus !

SAINT CARPION

La question, mon cher, est délicate,

Et *distinguo*. Je crois à ses vertus.
A sa morale encore et... rien de plus.
J'admire aussi Zoroastre, Socrate,
Confucius, tous les sages enfin
Qu'il traduisit, et que l'on damne en vain

SAINT GUIGNOLET

Mais à quoi bon transmuer une eau claire
En vin fumeux, pour des gens déjà gris ?
Pourquoi gâter Philémon et Baucis ?
Mal copier vous est chose ordinaire.

MOÏSE

Eh quoi ! tu ris de cette impiété,
Saint Jean ?

SAINT JEAN
            Un peu.

MOÏSE
            Ciel ! un évangéliste !

SAINT JEAN

A ton avis, je suis donc un copiste ?

MOÏSE

Mais ce miracle est par toi raconté.

SAINT JEAN

Par moi ?

MOÏSE
            Sans doute.

SAINT JEAN
            Apprenez, imbéciles,
Qu'au siècle deux on fit ces Evangiles
Selon saint Marc, saint Luc et saint Mathieu,
Qui, tout au plus, savaient leur *croix de dieu*,
Selon moi-même et selon beaucoup d'autres.
On fit aussi ces Actes des apôtres,
Qui ne sont point des actes de raison.
N'allez donc pas crucifier mon nom
Sur ces recueils de sottises grossières,
Et laissez-moi ; j'ai bien d'autres affaires.

MOÏSE

Oh ! mon ami, reviens à toi ; partons.
Ne touche plus ces profanes tetons ;
Ne baise plus.

SAINT JEAN
            Que le diable t'emporte !

SAINT BLAISE

C'est trop parler, Moïse, il faut agir.
Au paradis allons chercher main-forte.

MOÏSE

Allons, cher Blaise.

TOUS LES SAINTS
            Allez ; bien du plaisir...

    Débarrassés de Moïse et de Blaise,
Nos gens enfin savouraient à leur aise
Des voluptés le poison dangereux,
Et s'en donnaient comme des bienheureux.
Le Carpion, muni d'une Bacchante,
Et la flattant d'une main tremblotante,
Disait : « Je dois, charmante Théoné,
T'offrir aussi mon frugal déjeuner. »
Elle sourit, et sa lèvre jolie
Dévotement reçoit la blanche hostie.
Mais que dit-elle à ce repas nouveau ?
« Ce pain est fade. — Eh non ! c'est de l'agneau.
Nous autres Saints nous vivons de mystères.
Bois maintenant, et n'en crois pas tes yeux ;
Car ce vin-là... — Le Falerne vaux mieux.
— C'est cependant un dieu que tu digères.
— Quel conte ! — Un dieu réel et bien vivant.
Mais ne crains rien : quoique très succulent,
Il est léger, aux malade il passe.
— Me voilà sainte ! — Et sainte je t'embrasse »
    Mons Guignolet s'y prenait autrement ;
Car des pécheurs diverse est la manière.
Avec Aglaure il ose indécemment
Parodier tout ce que l'on révère :
Sur l'occiput il lui presse le jus
De ce raisin qui port' à la luxure,
Puis d'une croix il trace la figure,
Et dit ces mots : « Au nom du grand Bacchus,
Et de l'Amour, et de Vénus encore,
Je te *baptise*, et je te nomme Aglaure. »
Avec deux doigts unis dévotement
Sa ronde joue il frappe faiblement.
« Que fais-tu donc ? dit en riant la belle.

— Je te *confirme* ; et ma voix te rappelle
Tes vrais devoirs, si simples et si doux.
Trois mots sacrés les renfermeront tous :
Sur ces trois mots ton culte entier repose ;
Le pampre vert, et le myrte et la rose.
Au *mariage* il nous faut procéder :
Je suis ensemble et l'époux et le prêtre.
Que tes beaux yeux n'osent me regarder ;
Prends l'air timide, et tâche de paraître
Ce qu'à coup sûr tu ne voudrais pas être,
Vierge.—Est-ce bien?—Pas trop mal. Donne-moi
Cette main blanche, en signe de ta foi.
Je vous unis d'une chaîne invisible,
Conjungo nos. Croissons pour le bonheur,
Croissons en grâce, en désir, en vigueur ;
Ne décroissons jamais s'il est possible :
Multiplions, et Dieu nous bénira.
Or maintenant, mon épouse nouvelle,
Jure avec moi d'être toujours fidèle.
— J'en fais serment, le tiendra qui pourra.
— *Brava! brava!* Mais de la *pénitence*
Le sacrement est nécessaire aussi.
De tes plaisirs confesse la licence ;
Ne cache rien ; l'on ne ment pas ici.
— Tous mes péchés sont péchés de jeunesse,
Et vous pouvez en deviner l'espèce ;
Devinez-vous? — Très bien ; toujours Vénus.
Combien de fois? — Oh! je ne compte plus.
—Compte à peu près.—Dix mille.—Tu te vantes ;
Mais d'un seul mot je peux tout effacer.
Absolvo te. De ces fautes charmantes
La pénitence est... de recommencer. »
Lui commençait, et sa bouche perverse
Par un baiser déclare son projet.
Doucement donc la friponne il renverse,
Qui dès longtemps à la chute songeait :
Du vêtement dégage tous ses charmes ;
Voit... « Guignolet, le tocsin sonne, aux armes! »
Sur ce qu'il voit étend sa double main,
Et dit tout bas : « De l'amour libertin
Et de Bacchus, je t'*ordonne* prêtresse,
De leurs autels fais prospérer la messe ;
Prêche en leur nom, mais point de longs discours,
Prêche d'exemple, et prêche tous les jours. »
Vous le savez, lecteur, chaste est ma lyre ;
Le Saint-Esprit, qui me souffle et m'inspire,
Me presse en vain ; je n'ose peindre tout.
O Guignolet! vous n'étiez plus debout.
Mais il soupire, et sa voix affaiblie
Laisse échapper quelques mots languissants :
« Ceci, ma chère, est mon âme et ma vie. »
Aglaure ensuite, en reprenant ses sens,
Répond tout bas : « J'aime l'*eucharistie*. »
Pour elle encore Guignolet officie,
Et de baisers fortement appuyés
Couvre son front, et ses mains et ses pieds,
Les pieds surtout ; ô parodiste impie!
« Que fais-tu là! — C'est l'*extrême onction*.
Tu dois bientôt descendre sur la terre,
Et, sous l'abri des treilles de Cythère,
Tu vas remplir ta douce mission.
Aux voyageurs cette onction est bonne ;
Reçois-la donc, et pars ; adieu friponne. »
Des autres Saints, transformés en amants,
Arrive alors la bruyante cohue.
La jeune Aglaure, à leurs cris accourue,
Disait : « Messieurs, j'ai tous mes sacrements.
— Et nous aussi, répondent ses compagnes. »
Ces renégats, l'ivresse dans les yeux,
Le pampre en main, chancelants et joyeux,
Allaient courant les célestes campagnes.
Aux sons flûtés des féminines voix,
En rond l'on danse, on se heurte, on se presse ;
On rit, on jure, on bronche on se redresse,
Et ces couplets sont répétés vingt fois :
« Ma Trinité, c'est la bouche de rose,
Le sein de lis, puis encore autre chose.
On l'aime au ciel, on l'aime *et in terris* ;
On la conçoit, on la voit, on la touche.
Vive le sein, autre chose et la bouche!
Vive l'amour! *Amen, io Cypris!* »
« L'heureux Bacchus avait une baguette ;
Et par Moïse elle fut contrefaite...
A l'ancienne il faut croire. Et *perche*?
C'était de l'eau que donnait la dernière ;

C'était du vin que versait la première.
Vive la treille ! *Amen, io Bacche!* »
Survient Neptune, et sa voix magistrale
A suspendu la sainte bacchanale.
« Du paradis s'avance un corps nombreux ;
Il vient à nous ; rentrez, mesdemoiselles.
Et vous, messieurs, vous fuirez avec elles,
Si de l'enfer vous redoutez les feux. »
Gens comme nous ne prennent pas la fuite,
S'écrie Esral. Et nous les attendrons.
Poursuit saint Jean ; et nous les combattrons,
Dit Guignolet ; et nous les rosserons,
Dit Carpion, qui vainement s'agite
Pour échapper à quatre jolis bras
Dont les efforts l'arrachent aux combats.
De ces héros la valeur on enchaîne ;
Par leur jaquette, en riant, on les traîne.
Ils résistaient : des nouveaux bataillons,
Leurs poings fermés défiaient le courage,
Bronchant toujours, et toujours fanfarons,
Par des hoquets coupant les faibles sons
De leur voix rauque, ils parlent de carnage
Et dans l'Olympe entrent à reculons.
On les conduit sous de vastes portiques.
Trop fatigués de leurs farces bachiques,
Tous à la fois s'étendent sur le dos ;
Point d'*angelus*, de vêpres, ni d'office ;
Et le sommeil, aux ivrognes propice,
Charge leurs yeux de ses plus lourds pavots.

CHANT VI

Prise du Tartare par les diables du christianisme. Dispute amicale entre les trois personnes de la Trinité. Prise de l'Olympe. Les païens se retirent sur le territoire des dieux scandinaves. Combat nocturne de Diane et de l'ange Gabriel.

J'ai vu l'Amour attaquer ta jeunesse,
Charmante Elma ; tendre et respectueux,
Vif et soumis, il était dangereux :
A son pouvoir il unissait l'adresse.
Tu combattais ; mais un trouble inconnu,
Adoucissant par degrés ta défense,
Faisait rêver ta sage indifférence ;
Tu combattais ; mais l'Amour eût vaincu.
Alors, t'armant d'une force nouvelle,
Tu pris la fuite, et tu vainquis par elle.
Ah! crains toujours des souvenirs confus ;
Redoute même un danger qui n'est plus.
Il peut renaître. Une biche prudente,
Dont la vitesse a lassé le chasseur,
Longtemps après conserve sa frayeur,
Et fuit encor devant la mort absente.
Si l'ange Esral avait à ses soldats
Bien répété ces utiles maximes,
Le ciel honteux n'aurait pas vu leurs crimes,
Et dans l'Olympe ils ne ronfleraient pas.
Les dieux riaient de l'étrange capture,
Et cependant félicitaient l'Amour.
« Hélas! dit-il, ce triomphe d'un jour
Est incertain, et notre perte est sûre :
Oui, nous perdons Priape et ses vauriens.
Pris sur le fait, de la main des chrétiens
Ils ont gaîment accepté l'eau bénite.
Ces apostats, bien froqués, bien tondus,
Sont sur la terre, où leur race maudite
Doit féconder la vigne de Jésus. »
Que dites-vous, à ces tristes nouvelles,
Pauvres bloqués? Vous prévîtes alors
Que les chrétiens, par leur nombre plus forts,
Vous chasseraient des plaines éternelles.
Minerve tarde et vous craignez l'assaut
Qu'à vos remparts on livrera bientôt.
Pour ajouter à leur humeur chagrine,
Au milieu d'eux tombe le noir Pluton,
Qui par la main conduisait Proserpine.
On aperçoit aussi le vieux Caron
Qui, s'appuyant sur son vieux aviron,
Tient sur son dos la plus vieille des barques.
Viennent après les serpents d'Alecton,
Et Tisiphone, et Mégère et les Parques.
« Quoi! vous voilà! s'écria Jupiter ;
D'où sortez-vous? — Eh pardieu! de l'enfer,
Lui dit Pluton. — Oh! l'étrange figure!
Mais pourquoi donc déménager ainsi?

Que voulez-vous! et par quelle aventure
L'enfer entier se trouve-t-il ici?
—Malgré mes droits, du Tartare on me chasse ;
Parmi les dieux je reviens prendre place.
— Par qui chassé?— Par les diables chrétiens :
De résister avais-je les moyens?
Leur aspect seul épouvanta Cerbère.
J'ai vu leur chef ; sa laideur est amère,
Et, malgré moi, devant lui j'ai pâli ;
Mais en revanche on n'est pas plus poli.
En apprenant ma disgrâce soudaine,
Je descendis de mon trône d'ébène,
Et pour m'aider il me prêta sa main.
L'humanité peut entrer dans son âme ;
Il me plaignit, et, quoique libertin,
Avec respect il a traité ma femme.
Il fallut bien, sans espoir de retour,
Abandonner le ténébreux empire ;
Tambour battant, jusqu'aux portes du jour,
Par ses démons Satan m'a fait conduire.
— De l'Élysée ils sont donc possesseurs?
— Oui ; mais fort mal ils s'y trouvent, je pense.
Leur premier soin, dans cette circonstance,
Fut de courir vers ces lieux enchanteurs
Où le printemps prodiguait ses faveurs,
Et qu'habitait, selon nous, l'innocence.
D'un œil avide ils cherchaient le Léthé ;
Car le passé, dit-on, les importune.
On leur montra ce fleuve souhaité.
Tous aussitôt d'une ardeur peu commune
Sautent dans l'onde ; et l'impitoyable dieu
Qui les poursuit change cette onde en feu.
En blasphémant ils gagnent le rivage ;
Dans l'Élysée ils vont se rafraîchir.
L'un présentait au souffle de zéphyr
Ses bras rôtis et son rouge visage ;
L'autre s'étend sous un humide ombrage ;
L'autre tout nu se roule sur les fleurs,
Et les dessèche ; on entend leurs clameurs.
Ces noirs démons dans ce frais paysage
Couraient épars, et des légers ruisseaux
Leur soif ardente allait tarir les eaux.
Soudain le Styx gronde, bouillonne, écume
Avec fracas s'élève sur ses bords,
Et sous des flots de soufre et de bitume
Il engloutit notre enfer et nos morts.
— Ah! que je plains ces ombres vertueuses,
De l'Élysée habitantes heureuses!
— Ce changement les damne pour jamais,
Et leurs vertus deviennent des forfaits. »
A ce récit la céleste assemblée
Fut de rechef incertaine et troublée.
Elle craint tout ; la prise des enfers
Lui présageait le plus grand des revers.
Le dieu du Pinde assez mal la console,
Quand il répète : « A quoi bon s'attrister?
L'homme est si sot, si dupe et si frivole,
Que son encens n'est pas à regretter.
De cet Olympe enfin si l'on nous chasse,
N'avons-nous pas un asile au Parnasse?
Là, sans rivaux, nous régnerons toujours.
L'esprit, les arts, les grâces, les amours,
Le don de plaire et le talent d'instruire,
Sont pour jamais soumis à notre empire.
Ce pis-aller me paraît assez doux.
Disgraciés par l'inconstance humaine,
Nos ennemis un jour, ainsi que nous,
Déguerpiront du céleste domaine :
Partout sifflés, ces gens à *Te Deum*,
Avec leur croix, leurs clous et leurs épines,
Leur chant niais et leurs tristes matines,
Iront pourrir dans quelque muséum. »
A nos dépens, tandis qu'il prophétise,
Un cri d'alerte annonce les chrétiens :
Ils s'approchaient des murs olympiens,
Dont la conquête à leurs bras est promise.
Le grand Michel, sévère avec douceur,
Des premiers rangs gourmandait la lenteur ;
Et Jésus-Christ, placé sur les derrières,
Criait de loin aux phalanges dernières :
« Courage, enfants, et soutenez mes droits!
Sur cet Olympe il faut planter ma croix.
Pourquoi trembler et pâlir de la sorte?
Quel risque enfin avez-vous à courir?
On nous battra, dites-vous. Eh! qu'importe?

ACCOUCHEMENT DE LA VIERGE MARIE. — NAISSANCE DE JÉSUS-CHRIST

ous pouvez bien être assommés, souffrir,
uffrir longtemps, mais non pas remourir. »
voix, son geste, et sa mâle éloquence,
ces poltrons rendirent l'assurance.
s yeux fermés ils marchent en avant,
sous les murs arrivent en bronchant.
s longs épieux, les lances meurtrières,
s javelots, les flèches et les pierres,
s flots brûlants de poix, d'huile et de vin,
mille clous les solives armées,
plomb fondu, les poutres enflammées,
mbaient sur eux sans relâche et sans fin.
mbien alors de têtes entamées,
fronts fêlés qu'on ne guérira pas,
nez sans bout, de mains cherchant leurs bras.
poils roussis, et d'ailes consumées !
e beau spectacle échauffa par malheur
Saint-Esprit la verve psalmitique.

« Je veux, dit-il, par un brillant cantique
De nos soldats soutenir la valeur.
JÉSUS-CHRIST
Quelle folie ! en vain sur le nuage
Vous vous perchez : dans cet affreux tapage,
Votre fausset sera-t-il entendu ?
Je ne crois pas d'ailleurs qu'un impromptu
Dans un assaut puisse être fort utile.
LE PÈRE
L'enfant dit vrai : triomphant et tranquille,
Vous reprendrez vos psaumes éternels.
LE SAINT-ESPRIT
De votre goût je craindrai la finesse.
LE PÈRE
Je ne suis pas savant, je le confesse,
Et j'en rends grâce à messieurs les mortels.
Ils ont donné par faveur singulière,
A vous l'esprit, à Jésus la douceur,

A moi la barbe et le titre de père.
Ce titre-là vaut bien celui d'auteur.
Quant à ma barbe, elle est belle, j'espère !
JÉSUS-CHRIST
Pourquoi, Seigneur, ainsi vous courroucer ?
LE PÈRE
Moi, du courroux ! pouvez-vous le penser ?
Le Saint-Esprit sait à quel point je l'aime:
Il est permis de se gronder soi-même. »
Les assiégeants, durant ces beaux discours
Bravaient des coups la grêle renaissante.
Contre le mur flanqué de fortes tours
Ils ont dressé l'échelle menaçante :
Mais sa hauteur glace nos champions.
« A toi. — Nenni. — Va donc. — Ma foi, je n'ose,
Je crains la poix ; je crains les horions ;
Moi, les soufflets. » Tous craignaient quelque
[chose.

Grand, gros, cagneux, gothiquement sculpté,
Tel qu'il brillait naguère à Notre-Dame,
Christophe arrive : un saint amour l'enflamme
Pour Jésus-Christ que son dos a porté.
Le premier donc sur l'échelle il s'élance.
Trente guerriers y grimpent après lui :
Ils se prêtaient un mutuel appui ;
L'on est poussé, l'on pousse, et l'on avance.
Succès trompeur ! Déjà notre héros
De sa main large empoignait les créneaux :
Le fougueux Mars rugit à cette vue ;
Soudain il court à sa propre statue,
Qui sur le mur en marbre figurait;
Il la saisit, non sans quelque regret ;
Du piédestal son bras nerveux l'arrache,
Et l'élevant par-delà son panache,
Il s'écriait en riant aux éclats :
« Voyez, amis, je ne m'épargne pas ;
Ainsi que moi, que chacun s'exécute. »
Notre bon saint sur l'estomac reçoit
Ce poids énorme, et subite est sa chute.
L'un après l'autre et l'un sur l'autre on voit
Dégringoler d'une vitesse extrême
Ses compagnons renversés par lui-même.

L'ange Azaël, qui plus loin combattait,
D'un meilleur sort vainement se flattait.
A peine il touche au sommet de l'échelle;
Le dieu des mers le saisit par son aile,
A bout de bras il tient l'ange chétif,
Qui l'implorait du ton le plus honnête;
Et par trois fois le tournant sur sa tête,
Sur les chrétiens il le lance tout vif.

Samson se fâche, et contre la muraille
De son gros dos appuyant la largeur,
Pour l'ébranler il pousse avec vigueur,
Et tout son corps se roidit et travaille.
Ses reins charnus, son énorme fessier,
Font à peu près l'office du bélier.
Le mur tient bon, l'Hébreu pâlit de rage;
Des pieds, des mains, de nouveau s'escrimant,
Il cogne, il rue, il heurte vainement,
Et la sueur inonde son visage.
Hercule alors cria d'un ton moqueur :
« Tes sept cheveux ont repoussé bien vite
Ami Samson, je t'en félicite,
Mais apprends-nous pourquoi tout ce labeur.
Que prétends-tu ? La chétive masure
Qu'au temps jadis renversèrent tes mains
Ressemblait mal à notre architecture ;
Nous bâtissons mieux que les Philistins.
Au reste, pousse, et vole si je t'abuse;
Pousse, mon cher, puisque cela t'amuse. »
A quelques pas un brasier allumé
En flots brûlants changeait la douce olive ;
Hercule y cherche un tison enflammé.
Du fier Samson l'âme était peu craintive.
On lui criait de loin : Sauve tes jours
Et tes cheveux; mais se ruant toujours
Contre ce mur toujours inébranlable,
Il ne voit pas l'ennemi redoutable,
Qui l'ajustait, armé de son brandon,
Et sur le crâne il reçoit le tison.
En un clin d'œil le saint toupet s'allume,
En un clin d'œil la flamme le consume.
Fut-on jamais plus brave et moins heureux?
Il ressemblait, avant cette disgrâce,
Au coq superbe, au taureau vigoureux,
A l'étalon ardent et belliqueux.
Tous trois sont fiers, fougueux, brillants d'audace,
Grands tapageurs; mais qu'un fer envieux
A ces héros retranche quelque chose,
Et des hauts faits supprime ainsi la cause,
Plus de taureau, de coq, ni d'étalon,
Le nouveau bœuf, le désolé chapon,
Et le bidet dont le courage expire,
Baissent la tête, et la queue et le ton.
Tel à peu près l'infortuné Samson,
Chauve et confus, dans les rangs se retire.
Par ces revers les chrétiens affaiblis
Changeaient déjà leur attaque en défense;
Par le succès les païens enhardis
Sentaient tripler leur force et leur vaillance ;
Ils se battaient comme des furieux,
Comme des fous, enfin comme des dieux.
De tels pensers prolongeaient le combat;

Leur noble ardeur passe jusqu'aux déesses.
Du haut des murs on voyait ces princesses
Jeter sans choix ce qui s'offre à leurs mains :
Les trônes d'or, les précieux coussins,
De leurs plaisirs ordinaire théâtre;
Les doux parfums dans les vases divers,
Les beaux miroirs et les bidets d'albâtre,
De pourpre fine, avec soin recouverts.
Si Josué, fameux par sa musique,
De Jéricho ne s'était souvenu,
Des assiégés le courage eût vaincu.
« Parbleu, dit-il, un concert hébraïque
Doit renverser ce rempart odieux.
A moi, tribus ! à moi, prêtres, lévites,
Chefs et soldats, sapeurs israélites,
De Jéricho vainqueurs harmonieux ! »
Il dit; on vient, et l'orchestre s'arrange.
Des instruments quel habile mélange!
Les gros serpents, les violons discors,
Le porte-voix, la trompette, les cors,
Le fifre aigu, les cloches, la crécelle,
Et ces cornets qu'à bouquin l'on appelle,
Et les chaudrons que l'on frappe à grands coups.
Les assiégés, d'un orchestre aussi doux,
Avec raison redoutent les merveilles,
Et des deux mains ils pressent leurs oreilles.
Ils ont beau faire, ils n'esquiveront pas
De nos archets la sainte mélodie.
D'un *sforzando* tout à coup l'harmonie
Brise et remplit leurs tympans délicats.
Cette musique est pour eux infernale,
Pour nous céleste; infernale surtout
Quand Josué, pour les pousser à bout,
Y fait entrer cent voix de cathédrale,
Et cent faussets, dont vingt miaulent en *sol*,
Cinquante en *ut*, trente en *mi* bémol,
Pour les païens ce fut le coup de grâce.
Ils essayaient de couvrir nos accords
Par de grands cris; mais de nos fiers Stentors
Le beuglement redouble et les terrasse.
Tous en jurant désertent le rempart;
Un long chorus presse encor leur départ.
Du saint Trio la personne première
En ce moment prit une voix guerrière,
Et s'écria : « Vaincus à coups d'archet !
Plus fort! plus fort! et votre œil satisfait
Verra ces tours, longtemps inébranlables,
Sur les remparts soudain dégringoler,
Et les remparts sur leur base trembler,
Et du palais la voûte s'écrouler.
Plus fort! plus fort! et l'Olympe est aux diables. »
Ces grands moyens devenaient superflus.
Les prisonniers, qui, sans ordre étendus,
Depuis longtemps ronflaient sous les portiques,
Désénivrés, à leur bon sens rendus,
Ouvrent enfin les yeux, et, tout confus,
Se rappelaient leurs sottises bachiques.
L'étonnement, la crainte et le remords
D'un pourpre vif colorent leur visage.
L'ange piqué se taisait, mais de rage;
Saint Guignolet reprend son plat langage;
Et Carpion était à peindre alors.
A deux genoux ils confessent leurs torts,
Offrent à Dieu leur repentir sincère;
Et, se livrant à leur juste colère,
Sur ces païens déjà presque vaincus
Ils font pleuvoir des coups inattendus
D'autres, forçant une garde revêche,
A leurs amis, dont les chants discordants
A la muraille avaient déjà fait brèche,
Ouvrent la porte, et les voilà dedans.
Les assiégés en vain leur prompte ruine
Cherchaient en vain dans leur tête divine
Quelque remède : ils n'en trouvaient aucun.
Jupiter seul, dans ce trouble commun,
De sa raison conserve un faible reste,
Et s'adressant à la troupe céleste :
« Ils ont vaincu; dans ce palais sacré
Demain peut-être ils brailleront des messes.
Mais leur succès n'est pas très assuré.
Vite qu'on forme un bataillon carré;
Que dans le centre on place les déesses;
En combattant reculons vers le nord,
Là des chrétiens finit le territoire;
Odin y règne : Odin aime la gloire,

Et l'avenir peut changer notre sort. »
On obéit à cet ordre fort sage.
Ce bataillon subitement formé,
De javelots et de lances armé,
Frappant toujours et jamais entamé,
De nos chrétiens étonne le courage.
Le fier Neptune, Apollon et sa sœur,
Bellone et Mars, le vaillant fils d'Alcmène,
Pluton, Bacchus et le frère d'Hélène,
Faisaient souvent reculer le vainqueur.
De Jupiter l'œil perçant et rapide
Veillait à tout, et son bras intrépide,
Armé du foudre, inspirait la terreur.
En ordre ainsi s'opérait la retraite.
Le jour baissait; un accident fâcheux,
Qui fut suivi d'un autre plus heureux,
Rendit alors la phalange incomplète.
Diane avait épuisé son carquois ;
D'un fer tranchant elle s'était saisie,
Et hors des rangs s'avançait quelquefois
Pour mieux frapper. Diane est très jolie;
Chaste surtout; mais de ses belles mains
Elle rossait nos Anges et nos Saints.
Un ange donc, c'était Zéphrin, je pense,
Qui de son bras éprouva la puissance,
De se venger épia le moment,
Et par derrière il fondit bravement
Sur la déesse. Elle était sans cuirasse,
Leste et pieds nus, comme en un jour de chasse;
Sur son beau cou le fer tombait en plein :
Un mouvement subit, involontaire,
Sauva ce cou; mais le glaive assassin
Endommagea la tunique légère,
Et de la fesse effleura le satin.
Un sang vermeil rougit ce cul divin
Dont la blancheur faisait honte à l'ivoire.
Diane alors, comme vous pouvez croire,
Tourne la tête, et court après Zéphrin.
Courir après, lui barrer le chemin,
Et du secours lui ravir l'espérance,
Suivre son vol avec persévérance,
Dans les détours qu'il fait pour échapper,
Le joindre enfin, ses deux ailes couper,
Changer en fouet un large cimeterre
Et de sa fesse ainsi venger l'honneur,
Voilà sans doute, équitable lecteur,
Ce qu'elle fit, et ce qu'elle dut faire.
Au nord ensuite elle tourne ses pas,
Courant dans l'ombre, et cherchant les États
Du grand Odin, où s'était repliée
De ses amis la troupe humiliée.
Sur son chemin se trouve Gabriel,
Ange galant, ange qui sait son monde.
Ange à la mode, et le héros du ciel.
Il marchait seul, et commençait sa ronde
Qui vive? il dit; la païenne aussitôt,
Levant sur lui sa redoutable épée,
Répond : Chrétien. Et du glaive et du mot
En même temps son oreille est frappée.
L'ange étourdi par ce coup imprévu,
Penche la tête, et recule, et chancelle.
Mais revenant à lui, le bras tendu,
Avec fureur il fond sur l'immortelle.
On le reçoit de même; et les deux fers,
Se rencontrant, se brisent dans les airs.
L'ange irrité, saisissant la déesse,
De ses deux bras l'enveloppe et la presse.
Diane, ainsi se voyant prise au corps,
Prend à son tour, et sa pudeur murmure;
L'incognito cependant la rassure.
Lestes tous deux, tous deux souples et forts,
Jeunes et beaux, seuls dans la nuit obscure,
Ils pouvaient mieux employer leurs efforts.
Mais Gabriel était loin de connaître
Tout son bonheur. Il s'en douta peut-être,
Lorsque étreignant le corps le plus parfait,
Il crut sentir, et sentit en effet
Je ne sais quoi de saillant, d'élastique
Et d'arrondi, dont la douce chaleur
Trouble les sens et passe jusqu'au cœur.
Il écarta ce soupçon pacifique,
Et se remit de son émotion.
Diane aussi faisait attention
A la peau fine, à la forme, à la grâce
Des membres nus qu'en luttant elle embrasse

Mais Gabriel médite un coup d'éclat.
Il tire à lui son charmant adversaire;
De son bras gauche avec force il le serre,
Et l'autre main, qu'il baisse adroitement,
S'en va saisir sa cuisse rondelette,
Croyant ainsi soulever aisément
Et renverser ce redoutable athlète.
De la victoire il était déjà sûr,
Quand cette main, qui tient le blanc fémur,
Glisse dessus, un peu plus haut arrive,
Et reste là : délicate et craintive,
Elle frémit sur cet endroit charmant;
N'ose presser, et presse doucement.
Nos champions dans un profond silence
Gardaient encor la même contenance,
Mal à propos ils sont embarrassés :
Leurs bras d'albâtre étaient entrelacés,
Leurs seins brûlants se touchaient; quelle avance!
L'ange d'ailleurs avait déjà la main
Où vous savez; le reste allait de suite.
Leurs genoux donc se plièrent enfin :
Chacun tomba dans la forme prescrite,
Dans l'ordre heureux qu'observent les Français:
Diane avant, et Gabriel après.
Ainsi parfois au ciel on nous imite.
Muets encor dans leurs baisers de feu,
Ils se taisaient par honte et par prudence;
Et jusqu'au bout fidèles au silence,
Au geste seul ils se dirent adieu.

CHANT VII

Les dieux du paganisme font un dernier essai de leur puissance sur les mortels. L'Aurore, Neptune, Vénus et Jupiter n'obtiennent que des dédains. L'Amour lui-même échoue. Histoire de Thaïs et d'Éllain.

Pour vivre heureux, il faut cacher sa vie.
Ne briguez pas la gloire et les grandeurs,
Objets constants de la publique envie.
L'aveugle sort dispense les honneurs;
Mais quelquefois il se plaît à reprendre
Tous ces bienfaits, qu'en pleurant il faut rendre.
Simple en mes goûts, j'ai désiré toujours
L'obscurité d'un curé de village.
Lui, possesseur d'un riant ermitage,
Nonchalamment laissant couler ses jours,
Boit chaque soir, près de sa gouvernante,
Le vin fumeux qu'il recueille et qu'il vante;
Et j'abandonne au vicaire de Dieu
Ses trois clefs d'or, ses fulminantes bulles,
Son Vatican, son cardinal neveu,
Ses beaux mignons, ses nièces et ses mules.
Mais cependant j'aimerais cent fois mieux
Régner dans Rome, et diriger les voiles
De ce bateau dont les papes heureux
Vinrent depuis un corsaire fameux,
Que d'habiter par-delà les étoiles,
Placé par l'homme au nombre de ses dieux.
Tomber d'un trône est une lourde chute :
Soit; mais du ciel! quelle horrible culbute!
Ils la feront sans doute ces païens,
Déjà chassés des murs olympiens:
C'est vainement qu'ils tentent sur la terre
De ressaisir leur puissance première.
La jeune Aurore, au visage vermeil,
Vient entr'ouvrir les portes du soleil,
Et son regard éveille la nature:
En rougissant elle répand des pleurs;
Et les zéphyrs, que sa présence épure,
De ce trésor enrichissent les fleurs,
Jadis elle eut son hymne matinale:
Mais les mortels, tout entiers à Jésus,
Méconnaissant l'amante de Céphale,
Baissent les yeux et disent l'angelus.
Neptune, armé du trident redoutable,
De l'Océan soulève tous les flots;
Et leur abime aux tremblants matelots
Offre la mort, la mort inévitable.
Sur les vaisseaux les fougueux Aquilons,
Le peuple entier des vigoureux Tritons,
Et Thétis même, avec les Néréides,
Faisaient tomber des montagnes liquides.

Le dieu des mers criait dans son courroux :
« Priez Neptune, ou vous périssez tous. »
Sans l'écouter ils invoquent la Vierge,
Et dans leurs vœux lui promettent un cierge.
Elle sourit à ce présent nouveau,
Se lève ensuite, et craignant de mal dire,
En rougissant elle dit : *Quos ego...*
Les vents ont peur; des flots la rage expire;
Et les vaisseaux, que protège un ciel pur,
Semblent glisser sur le liquide azur.
Le roi des dieux veut effrayer la terre;
D'un pôle à l'autre il roule son tonnerre.
L'homme en effet pâlit à ce fracas;
Mais un *pater*, quelques jets d'eau bénite,
Le son sacré des cloches qu'il agite,
Font reculer la foudre et le trépas.
Belle Vénus, vous étiez plus que belle
Après l'instant qui vit naître l'Amour,
Avec douceur votre bouche immortelle
Baisa ses yeux qui s'entrouvraient au jour :
Dans tous ses traits vous retrouviez vos charmes,
Et vos genoux, de guirlandes couverts,
Berçaient ce dieu, faible encor et sans armes,
Mais qui bientôt maîtrisa l'univers.
Pour son sommeil les Grâces caressantes
Forment un lit de myrtes et de fleurs,
D'un frais zéphyr les ailes complaisantes
Pour lui du jour tempèrent les chaleurs.
Belle Cypris, sur ces lèvres de rose
Vous voyez naître un sourire malin,
De l'avenir présage trop certain :
Sur votre bras sa tête se repose;
Son pied s'agite, et sa débile main
Presse en jouant les lis de votre sein.
Les immortels, instruits de sa naissance,
Pour l'admirer descendirent des cieux :
Sur lui, sur vous, ils attachaient leurs yeux,
Leurs yeux charmés, et, dans un doux silence,
Ils souriaient au plus puissant des dieux.
Mais tout vieillit, ô reine d'Idalie !
L'homme a brisé cet antique tableau,
Qui de Zeuxis illustra le pinceau,
Et dont mes vers sont la faible copie.
Voici l'objet de son culte nouveau :
Un charpentier et sa moitié fidèle;
Dans une étable, au milieu du troupeau,
Un peu de paille et qui n'est pas nouvelle,
Sur cette paille, un panier pour berceau;
Dans ce berceau, le fils d'une pucelle;
Près de ce fils, le taureau menaçant,
L'âne qui brait, et le bœuf mugissant;
Sans oublier trois visages d'ébène,
Des bouts du monde arrivant hors d'haleine,
Pour saluer le taciturne enfant.
Ces deux tableaux, malgré leur différence,
Entre eux pourtant ont quelque ressemblance;
Vulcain, Joseph, inutiles témoins,
Ne font point fête aux deux aimables mères;
Et ces maris, qui boudent dans leurs coins,
Semblent surpris et honteux d'être pères.
Momus en vain sur ce monde attristé
Veut de nouveau régner par la gaîté.
L'enfer est là, Momus; et l'homme sage
Ne rit jamais dans un tel voisinage.
Le chapelet succède à tes grelots,
Et Jérémie a vaincu tes bons mots.
Quel changement! quelles métamorphoses!
Ces jeunes fronts, jadis joyeux et fiers,
Qui s'entouraient de pampres et de roses,
Tristes, baissés, de cendres sont couverts.
Le goupillon, qui lance une eau chrétienne,
A remplacé le thyrse de Bacchus,
Et mardi-gras fait oublier Silène.
Loin donc, bien loin des festins de Comus :
Nous adoptons l'Abstinence au teint blême,
Le Jeûne étique et le maigre Carême.
La beauté même, abjurant les plaisirs,
Au crucifix porte tous ses soupirs.
De blanches mains déroulent un rosaire.
Un joli sein, dont le doux mouvement
Semble appeler les baisers d'un amant,
A ces baisers opposent un scapulaire.
Femme, dit-on, veut plaire et toujours plaire;
La discipline outrage cependant,
Et sans pitié sur la dure on étend

Ces bras mignons, ces formes arrondies,
Formes d'amour, autrefois si chéries,
Qu'adoucissaient les parfums onctueux,
Et qui foulaient un lit voluptueux.
Fuis, ô Vénus! par un dévot caprice
De ta ceinture on a fait un cilice.
Grâces, fuyez; sévère est notre loi;
Elle proscrit vos leçons dangereuses;
Et vous avez trois rivales heureuses,
La Charité, l'Espérance et la Foi.
« Ainsi donc l'homme, imbécile et volage,
Porte à Jésus son triste et plat hommage,
Dit Jupiter; tel maître, tel valet.
Mais ces valets, bénissant l'esclavage,
Vexés, battus, ne regimbent jamais :
De ces nigauds sans risque l'on se joue :
Tout leur est bon, et leur pieuse joue
Vient d'elle-même au-devant des soufflets.
Pour les tyrans rien n'est aussi commode;
Et Constantin du système à la mode
Avec raison vante les agréments.
Grâce aux chrétiens, ce scélérat habile
Sur le duvet goûte un sommeil tranquille.
Le sang d'un fils couvre ses bras fumants,
Dans un bain chaud il étouffa sa femme;
Il étrangla les deux Licinius;
Au chien vorace il livra les vaincus;
Et les remords ne rongent point son âme;
Et les pavots descendent sur ses yeux !
Il dort, le tigre, et les spectres livides
N'agitent pas son sommeil ! et ses dieux
Ne tonnent point! volez-donc, Euménides,
Et tourmentez cet hypocrite heureux. »
Il dit : soudain ces déesses terribles,
Joignant leurs cris, s'armant de fouets piquants,
Fendent les airs, font siffler les serpents
Entrelacés sur leurs têtes horribles;
Et du coupable assiégeant le repos,
A la lueur des funèbres flambeaux,
En traits de sang lui retracent ses crimes,
Et sous ses yeux font passer ses victimes.
Mais Constantin, calme, et sans s'éveiller,
Leur dit : « Trop tard vous arrivez, princesses.
Il fut un temps où vos mains vengeresses
De ces longs fouets auraient pu m'étriller :
Ce temps n'est plus. De quelques peccadilles
J'étais coupable, et les prêtres païens
N'ont pas osé m'absoudre : les chrétiens
M'ont pardonné ces royales vétilles.
Ils ont fait mieux; courageux et rusés,
Ils m'ont donné l'évangile et l'empire.
Tous deux sont bons: c'est assez vous en dire;
Laissez-moi donc; vos serpents sont usés. »
Sur l'homme encor le fils de Cythérée
Veut essayer le poison des plaisirs :
Du ciel il part, sur l'aile des zéphyrs,
Et comme un trait fend la plaine azurée.
Sur le chemin qui conduit au désert.
Un jeune couple à ses yeux se présente.
« Fort bien, dit-il, la fortune me sert.
Belle Thaïs, votre âme est innocente;
Mais l'innocence aime sans le savoir,
Et quatorze ans plaisent sans le vouloir.
Vous, Éllin, sensible autant que sage,
De vos seize ans on pourra faire usage.
Sur vos coursiers, où fuyez-vous tous deux ?
Votre naissance au trône vous appelle :
Pour vous d'hymen on prépare les nœuds !
Mais de Jésus la doctrine nouvelle
Vous a séduits, et vous fuyez pour elle;
Car vos parents, fidèles à leurs dieux,
Dans tout chrétien punissent un rebelle.
Fuir est trop peu : dans vos saintes ferveurs
Vous abjurez le monde et ses douceurs;
Et vous voulez, miraculeux ermites,
Du grand Pacôme égaler les mérites.
C'est votre plan : j'ai fait aussi le mien.
Un habit d'homme enveloppe vos charmes,
Jeune Thaïs, et je n'en dirai rien :
De la pudeur j'approuve les alarmes.
Mais votre voix féminine, et vos cris
A chaque pas de ce coursier rapide,
Vos pieds mignons de l'étrier sortis,
Et replacés par votre aimable guide;
De votre corps l'équilibre incertain.

Votre embarras et cette blanche main
Qui se refuse à la flottante bride.
Et de la selle a saisi le pommeau,
Tout vous trahit, et cet habit nouveau
Aux curieux n'en imposera guère. »
    Après ces mots, il pique du coursier
Le flanc poudreux : moins rapide est la flèche ;
Mais, en partant, sur l'herbe molle et fraîche
Il a jeté son charmant cavalier.
De sa frayeur avec peine remise,
Thaïs se lève, et son âme soumise
Rend grâce au ciel, qui, prévoyant et bon,
Avait pour elle épaissi le gazon.
Elle s'abuse en tenant ce langage :
De l'Amour seul ce miracle est l'ouvrage.
Pour éviter un semblable danger,
Son compagnon avec elle partage
Sa selle étroite ; et ce groupe léger
Au petit pas se remet en voyage.
Mais Cupidon avait d'autres projets,
Et par degrés sa puissance maligne
Du Bucéphale affaiblit les jarrets.
Bientôt il bronche, et la belle se signe ;
Il bronche encore, il fatigue la main
Qui le relève ; et Thaïs alarmée,
De négligence accusant Élinin,
Lui répétait d'une voix animée :
« La bride échappe alors qu'on est distrait ;
Si vous voulez, nous ferons un échange. »
Sans répliquer le jeune homme discret
Cède la bride, et de place l'on change.
L'Amour sourit : le cheval en effet
Ne bronche plus, et Thaïs triomphait.
Elle est si simple encore et si novice !
En croupe assis, pour trouver un appui,
Il fallait bien qu'Élinin malgré lui
Entre ses bras serrât sa conductrice ;
Il lui fallait croiser sa double main,
Non pas dessus, mais au-dessous du sein,
Et sur ce cœur que l'innocence habite,
Mais qui pour lors divers vivement palpite.
Pour être saint, l'on a beau tout braver,
Cette posture est douce, et fait rêver.
Nos voyageurs, qu'un trouble vague agite,
Rêvaient beaucoup, et leur âme séduite
Se complaisait dans ce fatal oubli.
Mais une croix sur la route placée
Frappe leurs yeux, épure leur pensée,
Et rend la force à leur cœur amolli.
« Notre projet, dit Thaïs, et louable ;
Dieu l'inspira ; mais nous débutons mal.
Oui, nous péchons par un luxe coupable.
Vit-on jamais un ermite à cheval ?
Allons à pied, mon ami ; cette allure
Est à la fois plus modeste et plus sûre »
A pied tous deux poursuivent leur chemin,
Et sans s'asseoir marchent une heure entière.
Lassés alors, dans un bosquet voisin
Ils vont chercher un repos nécessaire
Pour eux l'Amour avait tout préparé :
Ils trouvent donc une épaisse verdure,
Un lit de fleurs, du soleil ignoré,
Un frais zéphyr, un ruisseau qui murmure,
De pommes d'or l'oranger parsemé,
Le doux figuier et le melon timide,
De l'ananas le trésor parfumé,
Et le dattier qui porte un miel solide.
Ce lieu dut plaire au couple voyageur.
Thaïs s'assied, de fatigue affaiblie ;
Et d'Élinin la main légère essuie
Son joli front que mouille la sueur.
Les fruits divers qu'adroitement il cueille
Sont présentés aux lèvres de Thaïs ;
Sa bouche ensuite en reçoit les débris.
Il prend enfin la verte et large feuille
Du bananier que baigne le ruisseau,
En la creusant y retient l'eau captive ;
Et sa compagne, à ses soins attentive,
Boit, en riant, dans ce vase nouveau.
Témoin caché, de ses ruses nouvelles
Le dieu malin s'applaudissant tout bas,
Veut qu'un dessert couronne le repas,
Et sous leurs yeux conduit deux tourterelles,
Vous connaissez de ces oiseaux fidèles

Les vifs transports, l'heureux roucoulement,
Leurs jeux, leur grâce, et le frémissement
Que les désirs impriment à leurs ailes,
Et leurs baisers si délicats, si doux,
Le marbre même en les voyant s'anime.
Sans y penser, nos ermites naissants
Suivent de l'œil ces oiseaux caressants,
Et par degrés leur abandon exprime
Ce qui pour lors se passe dans leur cœur.
Sans y penser, Thaïs avec langueur
Sur son ami nonchalamment penchée
Prend une main qu'elle n'a point cherchée.
Sans y penser, le bras de cet ami
S'étend, se courbe, enveloppe à demi
Un corps charmant qu'avec douceur il presse.
« Bon ! dit le dieu, j'ai vaincu leur sagesse.
Dans un désert, avant de s'exiler,
Il faut du moins apprendre à le peupler. »
Il se trompait ; d'une cloche voisine
Le son subit dans les airs retentit :
Ce bruit pour eux fut une voix divine,
Une leçon que le cœur entendit :
Des voluptés ils repoussent l'image,
Et promptement s'éloignent du bocage.
    L'Amour commande ; aussitôt l'Aquilon
D'un voile humide a couvert l'horizon ;
La nuit survient, et la pluie avec elle.
Ce contre-temps afflige notre belle.
Pour nous, hélas ! le ciel est sans pitié,
Disait sa peur. Mais son guide fidèle
Rassure un peu son esprit effrayé,
De son manteau lui donne une moitié,
Conserve l'autre ; à son pied qui chancelle
Montre la route ; et pour les pas glissants,
Il l'enlevait dans ses bras caressants,
Pour eux enfin s'ouvre un gîte modeste.
L'hôte leur dit : « Une chambre me reste ;
Elle est à vous. » Ils s'y rendent joyeux :
Mais un seul lit se présente à leurs yeux,
Et de Thaïs l'innocence murmure.
« Ne craignez rien, pour vous sera le lit,
Dit Élinin ; un siège me suffit. »
Et de Thaïs la pudeur se rassure.
Des vêtements qu'elle avait usurpés,
Et que la pluie a sur elle trempés,
Elle ne peut débarrasser ses charmes.
Il fallut donc, malgré quelques alarmes,
A son ami confier ce travail.
Pour leur vertu quelle épreuve pénible !
Abrégeons-la du moins, s'il est possible,
En abrégeant cet amoureux détail.
La couche étroite a reçu notre sainte,
Et du sommeil elle attend les pavots.
Son compagnon, sans humeur et sans plainte,
Va sur un banc chercher quelque repos.
Mais Cupidon de nouveau les menace.
« A moi, Borée ! » Il dit : avec fureur
Borée accourt des antres de la Thrace,
Et sans pitié souffle sur le dormeur.
Un simple lin le couvre, et la froidure
Saisit bientôt ses membres délicats :
Il grelottait et gémissait tout bas.
Thaïs entend ce douloureux murmure.
« Qu'avez-vous donc ? vous souffrez, j'en suis sûre »
Transi de froid, il ne pouvait parler.
« Ah ! sur ce banc j'eus tort de l'exiler :
Sur les coussins tandis que je repose,
Il va mourir, et j'en serai la cause. »
Disant ces mots, du lit elle a sauté,
Et du jeune homme avec vivacité
Touche le front et la main engourdie,
Presse le sein ; ensuite elle s'écrie :
« Oui, sous mes doigts je sens battre son cœur.
Viens, mon ami, des coussins la chaleur
En peu d'instants ranimera ta vie. »
    Le même lit tous deux les a reçus.
L'humanité n'est-elle pas sagesse !
La belle donc dans ses bras demi-nus
Prend Élinin, et doucement le presse.
C'était ainsi qu'Abisag autrefois,
Couchait auprès du plus sage des rois,
Et, sans pécher, réchauffait sa vieillesse.
Mais d'un ami réchauffer la jeunesse
Vaut mieux encor. Ce remède charmant

Sur le malade opéra promptement :
Il a repris sa force naturelle ;
Bientôt s'y joint une force nouvelle.
« Oui, dit Thaïs, j'ai tremblé pour tes jours.
J'eus tort : le ciel nous devait son secours ;
Sa volonté traça notre voyage.
Dans le désert nous arrivons demain ;
Nous choisirons chacun notre ermitage.
Notre cellule, et notre humble jardin.
De ton réduit le mien sera voisin ;
De me quitter aurais-tu le courage ? »
— Jamais, jamais, lui répond Élinin.
Deviens ma sœur, et je serai ton frère.
A mon salut Thaïs est nécessaire.
La solitude a, dit-on, ses dégoûts
Et ses dangers ; contre eux unissons-nous ;
Sans peine alors, nous vaincrons les obstacles,
Le même lieu, par nous sanctifié,
Verra toujours notre tendre amitié,
Notre ferveur, nos vertus, nos miracles :
Mourant ensemble, ensemble ensevelis,
Au ciel encor nous resterons unis. »
    Ainsi parlant, nos deux anachorètes
Par amitié se tenaient embrassés ;
Par amitié leurs bouches indiscrètes,
Leurs fronts brûlants, et leurs seins oppressés
Se rapprochaient : une ivresse fatale
Dans tous leurs sens allume les désirs ;
Et de Thaïs l'haleine virginale,
Et d'Élinin les innocents soupirs,
Sont confondus : la volupté timide,
Et la langueur et le baiser humide.
Ouvrent déjà leurs lèvres... Par bonheur
Pour eux, pour moi, pour le sage lecteur,
Un coq chanta : le fracas du tonnerre
N'eût pas produit un effet plus certain.
Ce triple cri leur rappelle soudain
Le reniement du coupable saint Pierre,
Et le remords que porta dans son cœur
Du coq hébreu le chant accusateur.
Sautant du lit, à genoux sur la pierre,
Tous deux au ciel adressent leur prière,
Et prudemment répètent sur leurs fronts
Le signe heureux qui chasse les démons.
L'Amour chassé s'envole avec colère,
Et va gémir dans les bras de sa mère
Muni d'un fer qu'il tourne adroitement,
Tel un filou, qu'enhardit la nuit sombre,
Avec lenteur, sans bruit, tout doucement.
D'un riche avare ouvre l'appartement,
Ecoute, avance, et se glisse dans l'ombre.
Déjà sa main touche le coffre-fort,
Et va... Jamais l'avarice ne dort ;
Et tout à coup, dans la chambre voisine,
A retenti la sonnette argentine :
Le voleur fuit ; abandonnant cet or
Qu'il veut saisir, et qu'il convoite encor.
Ou tel un loup sur la verte prairie
Voit deux agneaux nouvellement sevrés
Mêler leurs jeux, goûter l'herbe fleurie,
En folâtrant du troupeau séparés,
Et du taillis s'approchant par degrés ;
Du bois il sort, et sur eux il s'élance :
Mais aussitôt se montre le berger,
Branlant sa fourche et que son chien devance,
Le loup surpris se dérobe au danger ;
Laissant l'agneau, qui bondit avec joie,
Rapide, il fuit dans les buissons touffus,
Entend de loin les bêlements confus,
Et sous sa dent mâche l'absente proie.
    Veillez, bergers, veillez sur vos troupeaux.
Ne forcez point mes fidèles pinceaux
A retracer des images fâcheuses ;
Et que jamais dans mes rimes heureuses,
Les loups adroits ne croquent les agneaux.

CHANT VIII

« Anges et saints, vous tous dont le courage,
Exécutant les décrets des mortels,
M'a des païens assuré l'héritage,
Dans cet Olympe élevez mes autels.

LE TRIBUNAL DIVIN QUI JUGERA LES VIVANTS ET LES MORTS

« De Jupiter l'antique cathédrale
Du paradis sera la succursale.
Nous passerons, pour éviter l'ennui,
De l'un à l'autre : et gardez-vous de croire
Que nos rivaux, quêtant un vain appui,
Pourront sur nous ressaisir la victoire.
De vos succès sans crainte jouissez.
L'homme nous veut, nos destins sont fixés.
De l'avenir pour moi la nuit est claire,
Noire pour vous ; par grâce singulière,
En ce moment je vous égale aux dieux.
Approchez donc ; regardez sur la terre,
Et l'avenir va passer sous vos yeux. »

Du beau nuage où sa grandeur repose,
Ainsi parlait le Dieu fort et vengeur,
Et sur l'Olympe il planait en vainqueur.
Sa voix alors de trois tons se compose,
L'un grave et sourd, l'autre doux, l'autre aigu ;
L'accord parfait fut au loin entendu.
Voir l'avenir ne se refuse guère.
Les curieux viennent de toutes parts ;
Sur notre monde ils fixent leurs regards.
Jésus reprend « : Toi donc la voix est claire,
Pure et sonore, approche, Gabriel ;
Choisis les faits ; en quelques mots explique
Ce qui là-bas intéresse le ciel ;
Et montre-leur la lanterne magique. »

GABRIEL

De Constantin voyez les successeurs ;
Voyez leur cour. Déjà d'habiles prêtres,
Souples, rétifs, menaçants ou flatteurs,
Troublent l'empire, et de leurs lâches maîtres
Au nom du ciel dirigent les fureurs.
Grâce à leurs soins, de la théologie
Partout s'étend l'inquiète manie.
Ce goût bientôt se change en passion.
Chacun épluche, altère, embrouille, explique
Des livres saints le texte inauthentique.
D'in-folios quelle profusion !
Au sens commun quel déluge d'outrages !
On argumente ; et les antres du nord
Par millions vomissent des sauvages,
Dont la valeur et le subit effort
Sur tout l'empire étendent les ravages.
Mais pour qui donc, insouciants chrétiens.
Aiguisez-vous ces sabres et ces lances ?
Pour qui ces fers, ces bûchers, ces potences ?
Pour les Goths ? Non, pour les seuls Ariens.
Il faut du sang à leur pieuse rage.
Voyez ces murs sous l'herbe ensevelis ;

Prix : 15 centimes.

Voyez ces champs, ces fertiles pays
Livrés au meurtre, aux flammes, au pillage :
De ces enfants contemplez le carnage :
C'est pour un mot que l'on massacre ainsi.

JÉSUS-CHRIST

Pour moi ce mot a beaucoup d'importance :
Il compromet ma divine substance.

SAINT GUIGNOLET

Tuons, tuons.

JÉSUS-CHRIST

Nestorius aussi.
Invente un mot et double ma personne.
Par Eutychès il se voit réfuté.
Mais Eutychès, par son zèle emporté,
Sur ma nature aussitôt déraisonne ;
Car j'en ai deux.

LE PÈRE

Quel galimatias!

JÉSUS-CHRIST

Une est déjà bien difficile à croire ;
Mais j'en ai deux : on ne se refait pas.

UN ÉVÊQUE

Tuons, tuons, l'hérésie est notoire.

GABRIEL

Ces disputeurs par d'autres sont suivis.

LE PÈRE

De leurs ébats quel est le nouveau texte?

GABRIEL

Toujours Jésus.

LE PÈRE

Conviens-en, mon cher fils ;
Dans ta nature ils trouvent un prétexte :
Tu n'es pas clair.

JÉSUS-CHRIST

L'êtes-vous plus que moi ?

LE PÈRE

Non ; mais enfin ils s'acharnent sur toi.

JÉSUS-CHRIST

Ils savent bien qu'en nous tout est mystère ;
Que prétend donc leur regard téméraire ?

GABRIEL

De vous comprendre ils se flattent en vain.
L'un d'eux s'écrie : Il est *autour* du pain.
On lui répond : C'est *à côté* du pain.
Non, dit un autre, il se tient *sous* le pain
Vous vous trompez tous trois, c'est *sur* le pain.
Qu'il est assis, ajoute un quatrième.

UN ARCHEVÊQUE

Tuez, tuez, cela répond à tout.

LE SAINT-ESPRIT

Voulez-vous donc, ennemi de vous-même,
De la dispute anéantir le goût ?
L'opinion qui n'est pas contredite
A moins de force : il nous faut des martyrs ;
Il faut de l'homme occuper les loisirs.
Que sur ma Bible il travaille et s'agite.
De mes écrits le sens mystérieux
Exercera son esprit curieux.
Disparaissez, petits auteurs de Grèce,
Disparaissez, petits auteurs romains,
Qu'étudiait la crédule jeunesse,
Et que l'erreur osa nommer divins ;
Seul je le suis, et l'humaine sagesse
Est sous mes pieds. Quoi ! le cèdre orgueilleux
Sur le Liban domine et touche aux cieux,
Et du chiendent l'on parlerait encore!
Ils sont jolis ces tortueux ruisseaux
Qui sous les fleurs glissent leurs faibles eaux !
Mais un torrent en passant les dévore.
J'ai mis un terme à la nuit de l'erreur :
Cachez-vous donc, allumettes, chandelles,
L'astre du jour dans toute sa splendeur
Vint effacer vos pâles étincelles.

JÉSUS-CHRIST

Cher Saint-Esprit, vous avez de l'esprit ;
Mais cet esprit souvent touche à l'emphase,
C'est un esprit qui court après la phrase,
Qui veut trop dire, et presque rien ne dit ;
Vous n'avez pas un psaume raisonnable.
L'esprit qui pense et juge sainement,
Qui parle peu, mais toujours clairement
Et sans enflure, est l'esprit véritable.

GABRIEL

Voyez comment avec rapidité
Des porte-frocs l'espèce multiplie.
Leur turbulence et leur oisiveté
Troublent l'Égypte et la mineure Asie.
Le capuchon se ligue avec les rois.
Puissant en Grèce, il convoite à la fois
Et l'Italie, et la Gaule et l'Espagne.
Tantôt hardi, fier et dictant des lois,
Tantôt timide, hypocrite et sournois,
Il suit son plan, et du terrain il gagne.

LE PÈRE

Tu ris, mon fils ?

JÉSUS-CHRIST

Oui ; chaque nation
De notre foi prend le signe céleste ;
Je l'avouerai, quoique simple et modeste,
J'ai quelques grains de noble ambition,
Et dominer sera ma passion.

LA VIERGE

A vos succès mon sexe contribue ;
Mais du triomphe il n'a point à rougir.
Il convertit en donnant du plaisir ;
Il persuade, et jamais il ne tue.
Voyez Clotilde : en sortant de ses bras,
L'heureux Clovis accepte le baptême.
Chez les Anglais nous triomphons de même.
Berthe la brune, et ses jeunes appas,
Ont d'Ethelbert dissipé les scrupules.
Partout, en tout, les amants sont crédules.

GABRIEL

Leur jeune fils, au trône parvenu,
Porte la main sur le fruit défendu,
Et de sa sœur il fait une maîtresse.

LE PÈRE

Ah! libertin !

GABRIEL

Un prêtre vertueux
Avec aigreur gourmande sa hautesse,
Et de l'enfer lui promet tous les feux.
« Quoi! pour si peu, dit-il, plus d'eau bénite?
Les dieux du nord ne sont pas si méchants. »
Il revient donc à ces dieux indulgents.
Son peuple entier et l'approuve et l'imite.
Le temps enfin reproduit son amour.
Un moine alors, au milieu de sa cour,
L'aborde, et dit : « De votre apostasie
Le ciel s'irrite, et c'est moi qu'il châtie.
— Comment cela? — Saint Pierre, cette nuit
Dans ma cellule est descendu sans bruit :
Un lourd bâton jouait dans ses mains sèches.
Des coups nombreux dont il m'a surchargé,
Voyez, Seigneur, les marques encor fraîches.
Je n'en puis plus, et le ciel est vengé.
—Tu ne mens point?—Comptez les meurtrissures
— Oui, je les vois. Rentre dans ton couvent,
Et de saint Pierre apaisons les murmures.
Aux dieux du nord je tiens peu maintenant,
Je les renie, et je cours à la messe.
Son peuple entier l'approuve et se confesse.

LE PÈRE

Pendant la nuit aller briser un dos !
Rien de plus gai. Mais dis-nous donc, saint Pierre,
Est-ce bien toi dont la main familière
De ce vieux moine a fracassé les os ?

SAINT PIERRE

Oui, Seigneur Dieu.

LE PÈRE

Tu n'es pas raisonnable.
Le dos du roi me paraît seul coupable :
C'était au roi qu'il fallait du bâton.

SAINT PIERRE

Un tel moyen semblera fort étrange ;
Mais le succès prouve qu'il était bon.

LE PÈRE

N'en parlons plus, que le moine s'arrange.

GABRIEL

De Charlemagne admirez la valeur ;
Mieux que saint Pierre elle fait des miracles.
Des fiers Saxons l'opiniâtre erreur
A l'Évangile opposait mille obstacles ;
Impatient, il les aplanit tous.
Une moitié de ce peuple indocile,
En blasphémant expire sous ses coups
A convertir le reste plus facile
Tombe à ses pieds, et les mord quelquefois.
Le sabre en main, il fait baiser la croix,
Lève un tribut, de pillage s'engraisse,
Prend ce qu'il peut et brûle ce qu'il laisse.
Mais vous voilà, malheureux Albigeois?

UN PAPE

Tuez ! tuez ! ils sentent l'hérésie.

GABRIEL

Dans les tourments ils perdront tous la vie.
Le bon Raimond pour eux s'arme et combat
Vaincu par Rome, il vient en vrai coupable,
Couvert de cendre, au genoux d'un légat,
De son péché faire amende honorable.
Prêché longtemps, et longtemps prosterné,
Il est absous enfin, et ruiné.
O de l'Espagne honneur ineffaçable!
C'est là surtout que la religion,
Dans ses fureurs, tranquille, inexorable,
Des curieux fixe l'attention.
Des zélateurs ce n'est plus le courage
Armé du glaive, et bravant le trépas ;
Ce ne sont plus des guerres, des combats,
Où le danger commande le carnage.
Ici l'on tue avec sérénité ;
Le meurtre y prend un air de majesté.
Du doux Jésus les ministres tranquilles
En longs surplis se rangent sur deux files.
Jugés par eux, de riches musulmans,
Des riches juifs, leurs femmes, leurs enfants,
Et des chrétiens soupçonnés d'hérésie,
Chargés de fer, se traînent à pas lents.
On les enchaîne avec cérémonie
Sur des bûchers par l'évêque allumés.
Du *Te Deum* l'hymne joyeux commence.
Le roi, la cour, et les dévots charmés,
De leurs pareils rôtis et consumés
Offrent l'odeur au dieu de la clémence.

LE PÈRE

Permettrons-nous qu'ainsi l'on nous encense?

JÉSUS-CHRIST

Avec l'ami qui prend nos intérêts
Il ne faut pas regarder de si près.

GABRIEL

Ceux que l'on brûle enrichissent l'église,
Rien de plus juste, et Rome favorise
D'autres moyens plus vastes et plus prompts,
Qui, de l'Europe assurant l'esclavage,
Doivent donner aux simples moinillons
Fermes, châteaux, fiefs et droit de cuissage
Un pauvre ermite arrive de Sion ;
Du saint sépulcre il vante la puissance ;
Du saint sépulcre il prouve l'importance ;
Du saint sépulcre il point l'oppression ;
Du saint sépulcre il fait naître l'envie,
Et pousse enfin l'Europe sur l'Asie.
Braves, poltrons, citadins, villageois,
Femmes, enfants, maîtresses, tous arborent
Sur leurs habits la guerroyante croix.
Du signe heureux les fripons se décorent.
Il rompt les fers, absout le malfaiteur
De ses serments dégage un débiteur ;
Dans l'avenir les péchés il efface ;
Au ciel enfin il assure une place
Bonne et brillante, une place d'honneur.
Mais aux Croisés l'argent est nécessaire
Le riche donc au moine offre sa terre
Pour quelques sous ; et le moine rusé,
Cédant enfin à sa vive prière,
Et le volant, se dit encor lésé.
Adieu, maisons, châteaux, tours et tourelles,
Étangs, forêts, villes et citadelles ;
L'église avide envahit tout cela.
Mais tout cela devenait inutile.
L'Asie entière, à vaincre si facile,
Leur appartient de droit : ils auront là,
Non pas des fiefs, mais de vastes provinces
Où de l'Europe ils porteront les lois ;
Les officiers y seront tous des rois,
Et les soldats y deviendront des princes.
Les jeux bruyants, les danses, les festins,
Des troubadours les couplets libertins,
Suivaient partout cette pieuse armée,

Que devançait au loin la renommée.
On s'enivrait après avoir jeûné ;
On priait Dieu qu'on blasphémait ensuite ;
On éventrait le peuple israélite ;
On rançonnait le chrétien consterné ;
Chaud de luxure, on entendait la messe,
Puis de la messe au pillage on courait ;
Et sans égard pour l'âge ou pour l'espèce,
On violait tout ce qu'on rencontrait.
Jérusalem est prise ; autre pillage.

LE PÈRE

Voilà, je pense, un assez beau carnage.
Ces femmes-là, malgré leurs caleçons,
Doivent trembler. On force les maisons ;
Par la fenêtre on jette ce qu'on tue
Sur les coquins expirants dans la rue.

SAINT CARPION

Se pourrait-il qu'on épargnât les Juifs ?

SAINT GUIGNOLET

Non, dans leur temple, on les brûle tout vifs.

GABRIEL

De nos chrétiens voyez le cimeterre
Chercher l'enfant dans le sein de sa mère.

LA VIERGE

Quelles horreurs !

LE PÈRE

Je les blâme, entre vous ;
Mais des dévots c'est assez là l'usage.

GABRIEL

Sur la beauté tremblante à leurs génoux
De leurs désirs ils contentent la rage,
Puis dans son cœur enfoncent le couteau,
Offrent à Dieu cette victime impure,
Et, tout souillés de sang et de luxure,
Ils vont pleurer sur le divin tombeau.

JÉSUS-CHRIST

Ah ! je triomphe enfin. L'Europe entière
De bras et d'or pour longtemps s'appauvrit ;
Mais mon sépulcre est libre, il me suffit.

LE PÈRE

Déjà nos gens veulent à leur manière
Organiser ce royaume nouveau.
Partout des fiefs ; de Cana le hameau,
S'ennoblissant, devient châtellenie ;
Capharnaüm est titré baronnie :
Bonjour, bonjour, vicomte de Bethsem,
Comte d'Hébron, marquis de Bethléem.

LE SAINT-ESPRIT

O Mahomet, quel soufflet sur ta joue !
Du fier turban la tiare se joue.

GABRIEL

Elle fait mieux ; de la religion
La politique agrandit le domaine.
Troublant l'Europe en prêchant l'union,
Semant la guerre et la confusion,
Des souverains elle est la souveraine.
Le serviteur des serviteurs de Dieu
Commande en maître : et ce maître a des nièces,
De grands bâtards, des mignons, des drôlesses,
Dont l'entretien au peuple coûte un peu.

JÉSUS-CHRIST

Plaisant contraste ! autrefois sur la terre
J'étais sans pain, et riche est mon vicaire.

SAINT-PIERRE

Je me croyais habile ; mais, ma foi,
Mes successeurs en savent plus que moi.

GABRIEL

Remarquez-vous ce fameux Alexandre
Qui, de sa fille immolant tour à tour
Les trois époux, dit : Je serai mon gendre ?

LE PÈRE

L'amour d'un pape est un terrible amour.

GABRIEL

A ces façons Rome est accoutumée.
Mais ses deux fils deviennent ses rivaux.

LE PÈRE

Voilà du neuf.

LA VIERGE

De crimes quel chaos !

GABRIEL

Entre eux déjà la guerre est allumée.
L'un était duc, et l'autre cardinal ;

Le cardinal empoisonne son frère,
Et sagement partage avec son père.

LE PÈRE

Cette coquine est-elle bien ?

GABRIEL

Pas mal.
Or, de Jésus la milice fidèle,
Prélats, abbés, chanoines, prestolets
Moines cloîtrés, tous, jusqu'aux frères lais,
Imitent Rome, et s'amusent comme elle.

JÉSUS-CHRIST

Et quels sont donc leurs plaisirs ?

GABRIEL

Des palais,
Des vins exquis, des maîtresses fringantes,
Le jeu, la chasse, et des courses fréquentes,
Et des enfants à faire ou déjà faits.
Ces vins exquis, ces fringantes maîtresses,
Coûtent bien cher ; et malgré leurs richesses,
Nos beaux messieurs sont gênés quelquefois.
Sur les péchés leur fertile génie
Lève un impôt et quelques menus droits.
Leur bourse donc est de nouveau garnie.
Mais par malheur des commerçants tondus
Courent à Rome, avec quelques écus,
Accaparer les papales sentences,
Tous les *agnus*, toutes les indulgences ;
Puis aux pécheurs, qu'épouvante l'enfer,
Dans leur pays les revendent fort cher.
A cette fraude, à cet agiotage,
Martin Luther pousse des cris de rage.

TOUT LE CLERGÉ

Tuons, morbleu ! voici les protestants ;
Point de quartiers, tuons !

GABRIEL

Il n'est plus temps.

TOUT LE CLERGÉ

Tuons toujours !

GABRIEL

Deux cents ans de carnage
Doivent, je crois, suffire aux amateurs.

TOUT LE CLERGÉ

Oui, c'est assez, si nous sommes vainqueurs.

GABRIEL

Pas tout à fait ; l'Europe se partage
Entre le pape, et Luther, et Calvin.

LA VIERGE

Nous coûtons cher au pauvre genre humain.

UN CARDINAL

De ces dégoûts un seul jour me console,

UN AUTRE CARDINAL

Oui, je t'entends : la Saint-Barthélemy ?

TOUT LE CLERGÉ

Oh ! le beau jour !

GABRIEL

La ferveur espagnole
De ces revers vous dédommage aussi.
Pour mieux tuer, on cherche un nouveau monde.
De vous jamais ce monde n'a parlé,
Il vous ignore ; ô malice profonde !

JÉSUS-CHRIST

Convertissons.

GABRIEL

Le voilà dépeuplé.
Par vous le sang coulera dans la Chine,
Plus loin encore ; et jusques au Japon
Par vous l'on meurt, par vous l'on assassine,
En maudissant la croix et votre nom.

LA VIERGE

O de la croix innombrables victimes !
Quel long amas de fraudes et de crimes !
Quels flots de sang ! Hélas ! il valait mieux,
Pour votre honneur, ne jamais être dieux...

LE SAINT-ESPRIT

Mais nous, hélas ! mensonge que nous sommes,
Notre existence est un bienfait des hommes.
Leur doute seul nous replonge au néant.

JÉSUS-CHRIST

A bas le doute, à bas le mécréant,
Le raisonneur, enfin tout ce qui pense ;
Et pour régner enseignons l'ignorance.

LE SAINT-ESPRIT

Ou bien la Bible.

LE PÈRE

Et, malgré ce moyen,
Si la raison sapait notre puissance,
Quel parti prendre ?

LE SAINT-ESPRIT

Alors il faudra bien
Redevenir ce que nous étions : rier

CHANT IX

Minerve raconte ce qu'elle a vu dans les paradis des différentes
nations. Les Dieux du nord viennent au secours des Dieux
païens. Occupations nocturnes dans un couvent de femmes.

Durant le jour, frileux et sédentaire,
Au coin du feu qu'ont attisé mes mains,
Contre l'hiver j'exhale mes chagrins,
Et mon ami sourit de ma colère.
Le temps se passe en frivoles discours.
Mais quand la nuit au milieu de son cours,
Entre deux draps sagement me rappelle,
Quand du sommeil la tranquille douceur
Dans tous mes sens se glisse avec lenteur,
Un songe heureux m'emporte sur son aile ;
Je pars, je vole au bout de l'univers ;
De Tavernier j'achève les voyages ;
Ainsi que lui, de vingt peuples divers
Je fais les mœurs, j'invente les usages.
Otaïti me retarde un moment ;
Sur le Japon je passe brusquement ;
Je vois la Chine, et, traversant l'Asie,
Avec le jour j'arrive en Géorgie,
Arrêtons-nous un peu : *femme et jolie*
Ne font qu'un mot dans ce pays charmant.
J'y veux rester, mais mon guide m'entraîne,
Et dans Paris son aile me ramène.
C'était au ciel qu'il fallait me porter ;
J'aurais suivi Minerve dans sa course ;
Et, du midi voyageant jusqu'à l'ourse,
J'aurais pu voir ce que je vais conter.
Voilà Minerve ; elle parle, on écoute :
« Grand Jupiter, et vous, dieux immortels,
Ou qui du moins jadis passiez pour tels,
A votre avis j'ai bien tardé sans doute ;
L'impatience allonge les instants :
Vous jugerez si j'ai perdu mon temps.
Vers le midi d'abord j'ai pris ma course.
Les dieux du Nil, que j'ai vus les premiers,
M'ont fait accueil ; mais ils sont peu guerriers
Dans un combat quelle faible ressource
Qu'un bœuf Apis, des poireaux, un faucon,
Une cigogne, une chienne, un ognon !
Au Sénégal je trouve une rivière,
Un arbre antique aux rameaux étendus,
Et des serpents de venins dépourvus.
Ces immortels n'étaient pas mon affaire.
Je tourne à gauche ; et soudain j'aperçois
Un ridicule et grotesque assemblage
D'objets mêlés sans dessein et sans choix :
D'un peuple noir ils se disent l'ouvrage.
Dans ce pays chaque homme est créateur.
Lorsqu'au matin, d'une main diligente
Ouvrant sa hutte, il reprend son labeur,
Ce qui d'abord à ses yeux se présente
Devient son dieu, son *gris-gris*, son sauveur :
Durant le jour, dans le ciel il se niche ;
La fin du jour est celle du *fétiche*,
Le lendemain, autre opération,
Nouveau *gris-gris*, même adoration.
Pendant la nuit, tout ce peuple est athée.
D'un plein succès je m'étais trop flattée ;
Cherchant partout, ne trouvant jamais rien,
Enfin j'arrive à l'Olympe indien.
Je comptais peu sur l'aîné des trois frères,
Le grand Brahma : l'emploi de créateur
Ne permet point les combats sanguinaires.
Le bon Vischnou, dont le soin protecteur
Conserve tout, déteste aussi la guerre.
Au seul Shiven j'adresse mes prières :
« De mon métier, moi, je suis destructeur,
Me répond-il, et je m'en fais honneur.
Mais de Brahma je connais l'insolence ;
Tout ira mal ici dans mon absence.
Tu sais sans doute, ou bien tu ne sais pas,
Qu'au temps jadis il épousa sa mère ;

A lui permis : d'une fille il fut père.
Un jour qu'au loin j'avais porté mes pas,
A cette fille il trouve des appas,
Et la surprend dans un lieu solitaire
Elle s'enfuit : pour mieux courir après,
Il prend d'un cerf la forme et la vitesse ;
Il la poursuit à travers les forêts :
La joint, l'arrête, et, forçant sa faiblesse,
Il la viole. Il fallait le punir,
Et de ma nièce au moins venger l'injure.
Le bon Vischnou n'y pouvait consentir :
Tout châtiment répugne à sa nature,
Je m'en chargeai. Le drôle en ce temps-là
Dressait en l'air cinq têtes bien comptées.
J'en arrache une, et dûment soufflétées,
Je lui laissai les quatre que voilà.
Si je quittais les indiens domaines,
Monsieur Brahma ferait encore des siennes ;
Vischnou pourrait travailler avec fruit,
Et réparer tout ce que j'ai détruit :
Je reste donc. Mon chagrin est extrême
(Et cet aveu ne doit pas t'étonner)
De ne pouvoir ensemble exterminer
Tes ennemis, tes amis et toi-même. »
D'un tel discours je ne m'offensai pas ;
Il était juste et dans son caractère.
Je repris donc ma route solitaire ;
Vers le Japon je dirigeai mes pas.
Mon espérance y fut encore trompée.
De ce pays des singes sont les dieux.
De leur laideur je fus d'abord frappée :
Mais à leurs traits accoutumant mes yeux,
Je saluai ces confrères étranges,
A leur beauté je donnai des louanges,
Et je finis par leur parler de nous.
Avec sang-froid ils m'écoutèrent tous.
Au dernier mot, ils firent deux grimaces,
Une gambade, et trois sauts périlleux ;
Puis, reprenant un air majestueux,
Le plus âgé me dit : « Dans vos disgrâces
Aucun de nous ne peut vous secourir ;
Nous n'ayons pas un instant de loisir,
Dès le matin au temple il faut descendre :
Et rester là cloués sur notre autel
Jusques au soir : c'est un ennui mortel.
Par le sommeil nous laissons-nous surprendre,
On nous secoue, on nous force d'entendre
Des oraisons le refrain éternel.
Le dîner vient, de plats on nous entoure,
Et de bonbons sans pitié l'on nous bourre,
Il faut manger, ou le peuple dévot
Aux médecins livrerait aussitôt
Notre santé qu'il croirait affaiblie.
Voyez un peu quelle chienne de vie ! »
En finissant la cabriole il fait,
Et d'un seul saut il descend sur la terre.
Je m'en allai répéter ma prière
A d'autres dieux, mais toujours sans effet.
Dans un recoin laissant les deux principes
Vieillis par l'âge et de faim languissants,
Je vis ailleurs deux objets indécents,
Tout enfumés de la vapeur des pipes ;
L'un masculin et l'autre féminin,
Énormes, noirs, velus, affreux enfin,
Droits sur des pots ainsi que des tulipes.
Je ne pouvais rien offrir au dernier,
L'autre s'offrait à moi : je passai vite ;
Et, traversant un hémisphère entier,
Au grand Odin je fus encore trompée.
Là le succès surpassa mon espoir.
Odin nous aime, il prend notre défense :
Suivi des siens sur mes pas il s'avance
Avec honneur il faut le recevoir. »

Elle achevait ces paroles flatteuses ;
Et tout à coup des phalanges nombreuses,
Fondant du nord couvrent le firmament.
Le vif Heimdall les devance et les guide,
De cet Argus l'œil perçant et rapide
Devant Odin veille éternellement.
Du haut des cieux il voit, dit-on, sans peine
Au fond des mers la perle se former ;
Sa fine oreille entend l'herbe germer.
Et des brebis croître la douce laine.
Au large fer qui pend à son côté,
A son front calme où siège la fierté,

A ses sourcils, à sa haute stature,
A sa démarche, à sa brillante armure,
Au foudre énorme allumé dans sa main,
On reconnaît le redoutable Odin.
Son vaillant fils, Thor, commande aux nuages,
Son doigt puissant dirige les orages.
Il monte un char de panache orné,
Et par deux boucs rapidement traîné.
Ses gants de fer et sa lourde massue
Des plus hardis épouvantent la vue.
Par lui lancée ainsi qu'un javelot,
Dans le combat toujours l'arme terrible
Frappe le but et revient aussitôt.
Le loup Fenris, des loups le plus horrible,
Qui doit enfin dévorer l'univers,
Pour un seul jour a vu briser ses fers.
Admirez-vous les trois filles chéries
Du fier Odin, les belles Valkyries ?
Des lances d'or arment leurs blanches mains :
Blanc est leur casque, et blanche leur armure,
Et blancs encor sont leurs coursiers divins :
Leur bras toujours porte une atteinte sûre.
Voyez plus loin, voyez ces autres dieux
Dont l'air féroce épouvante les yeux,
Voyez aussi cette foule innombrable,
Robuste, étrange, altière, infatigable,
De combattants unis sous leurs drapeaux.
De ces guerriers le moindre est un héros
Le faible à tort chez ces durs Scandinaves :
Leur paradis ne reçoit que les braves.
On en bannit la grâce et les attraits
D'un sexe tendre et formé pour la paix.
Là n'entre point le guerrier sans courage
Qui recula dans le champ du carnage,
L'infortuné que la fièvre vainquit,
Ni le vieillard qui succomba sous l'âge !
Malheur et honte à qui meurt dans son lit !
Au son guerrier des brillantes fanfares,
Les dieux païens en bataille attendaient.
Humiliés, entre eux ils répétaient :
Puisqu'il le faut, honorons ces barbares.
Mais Jupiter fit un signe ; on se tut.
Odin approche, on remplit son attente ;
Aux champs l'on bat, les armes on présente,
Et des drapeaux on donne le salut.
Très satisfait, poliment il s'avance
Vers Jupiter qui s'avançait aussi ;
Et lui serrant la main : « Sois mon ami,
Je suis le tien, marchons en diligence ;
Point de discours : demain, je t'en réponds,
Dans ton palais ensemble nous boirons. »
Le Scandinave oubliait que le sage
Boit sobrement et ne répond de rien.
Il se repose en vain sur son courage.
De notre foi digne et nouveau soutien,
A ses serments Priape était fidèle.
Un prompt succès a couronné son zèle.
Sa voix prêchait l'obéissance aux grands,
Aux chefs, aux rois, fussent-ils des tyrans :
Aussi les rois, et les chefs, et les grands,
Favorisaient ses vastes entreprises,
De toutes parts s'élèvent des églises,
De saints châteaux, et de riches couvents.
Sur son autel, tranquille et recueillie,
La Trinité, dans un repos flatteur.
S'applaudissait de l'humaine folie.
Et contemplait sa future grandeur.
Ce sont plaisirs que l'on nomme ineffables.
Avec Panther et quelques saints aimables
La Vierge alors discourait à l'écart.
Sur l'avenir on parlait au hasard.
Leurs yeux voulaient et ne pouvaient y lire
Les lois, les mœurs et les goûts clandestins,
Et les secrets des couvents féminins
« Facilement je pourrai vous instruire,
Leur dit Panther ; de ces secrets piquants,
Que votre zèle à deviner s'applique.
Un joli songe, un songe prophétique,
M'a cette nuit occupé très longtemps.
Venez, entrons chez les Visitandines.
Il est minuit : sans doute après matines
Les jeunes sœurs ont repris leur sommeil.
Je vais sans bruit de cellule en cellule.
Vous soupirez, belle et dévote Ursule !
Qui peut ainsi causer votre réveil ?

Avez-vous vu le démon dans un songe ?
Non, le démon ne fait pas soupirer,
C'était un ange ; et je n'ose assurer
Que vous preniez quelque goût au mensonge :
Mais ces yeux bleus, qui s'ouvrent à regret,
Cet abandon, cette molle attitude,
Parlent assez : de la béatitude
L'ange à coup sûr vous a dit le secret.
» N'écartez point, sage et modeste Hortense,
Le voile épais dont le poids vous offense
Il est utile. Où va donc votre main ?
D'un sein de neige effleurant le satin,
Un peu plus bas s'égare l'inconstante ;
Plus bas ensuite... Arrêtez, imprudente,
Et n'ôtez rien au trésor de l'amour ;
De ce trésor vous rendrez compte un jour.
Là sur l'albâtre on voit naître l'ébène,
Et sous l'ébène une rose s'ouvrir ;
Mais, jeune encore, elle s'ouvrait à peine ;
Un joli doigt, instruit par le désir,
En l'effeuillant y cherche le plaisir.
» Voyez plus loin la fervente Cécile
Dans un roman étudier l'amour.
Des voluptés ce touchant évangile
Est par ses mains feuilleté nuit et jour.
» Dans les ennuis d'une étroite clôture,
L'art peut du moins remplacer la nature.
Certain bijou, qui d'un sexe chéri
Offre l'image et le trait favori,
Sert de Zoé la langueur amoureuse.
Sur l'oratoire où Jésus est présent
Fume déjà le lait adoucissant.
Poursuis Zoé, sans risque sois heureuse :
Ces amants-là ne sont points indiscrets,
Point négligents, et ne trompent jamais.
» Vous écrivez ! à qui donc jeune Claire ?
Lisons : » En vain mon inflexible père
De mon bonheur interrompit le cours ;
Je fus à toi, j'y veux être toujours.
Au fond du cœur je garde ton image ;
De tes baisers j'y conserve le feu
Esclave ou libre, aimer est mon partage ;
Tu seras seul et ma vie et mon dieu. »
Infortunée ! au moment où ton âme
Sur le papier épanche ses soupirs,
Une autre Claire à l'objet de ta flamme
Vient d'accorder d'infidèles plaisirs ;
« Combien Agnès de ces vierges diffère !
Un sommeil pur va fermer sa paupière ;
Elle a fini sa nocturne oraison.
Du monastère Agnès est le modèle.
Tous les huit jours cette sainte nouvelle
De ses péchés fait la confession ;
Mais quels péchés ? un innocent mensonge,
Durant la messe une distraction,
Le mot d'amour prononcé dans un songe.
Quelques regards jetés sur le miroir,
Quelques soupirs échappés au parloir,
Pensers confus touchant le mariage
A ses attraits pour jamais interdit,
Et quelque trouble, alors que son esprit
De ce bonheur veut se faire une image.
Le confesseur, de ses doigts paternels,
Forme le signe au démon redoutable ;
Puis en latin il absout la coupable
De ses péchés qu'elle croyait mortels.
» Dans ce couvent, s'il faut être sincère,
Toutes les sœurs ne sont pas des Agnès ;
Mais à confesse on ne redit jamais
Certains péchés ; c'est assez de les faire.
» J'entends du bruit ; on parle ; écoutons bien,
Ce sont, messieurs, trois nouvelles professes.
Qui tour à tour, dans un libre entretien,
Vont avouer leurs goûts et leurs faiblesses
L'une commence : » Hélas ! pour mon malheur,
J'aimais Florval ; et comme l'hyménée
Dut à la sienne unir ma destinée,
Je cachais peu le penchant de mon cœur.
Il est si doux d'avouer que l'on aime !
Ce joli mot échappe de lui-même,
Et sur la bouche il vient à chaque instant ;
Il plaît surtout à celui qui l'entend.
Oui, de Florval il redoubla l'ivresse.
A mes genoux tout à coup prosterné,
Il s'écria d'un ton passionné :

LES MYSTÈRES DU CONFESSIONNAL

O de mon cœur l'épouse et la maîtresse !
Sans le désir je languis et je meurs.
Me faudra-t-il pour complaire à l'usage,
Au seul devoir attendre ces faveurs
Qui de l'amour doivent être le gage ? »
Je l'avouerai, je ne répondis rien,
Et son discours me parut sans réplique.
De mon silence il profita trop bien.
Ingrat Florval ! imprudente Angélique !
Plaisir trompeur, et pourtant regretté !
Je m'enchaînai par ces mêmes caresses
Qui préparaient son infidélité.
Bientôt Florval retira ses promesses ;
Il me laissa l'amour et les remords.
Pour l'oublier, je fis de longs efforts,
Mais sans succès. De larmes abreuvée,
Je pris le monde et moi-même en horreur ;

Et dans ce cloître où je fus élevée
Je vins cacher ma honte et ma douleur.
Hélas ! j'eus tort. On dit que sur son aile
Le temps emporte et nos biens et nos maux :
Oui, le temps seul m'eût rendu le repos,
Et j'aurais pu remplacer l'infidèle. »
    Quelques soupirs terminent ce récit.
Thècle à son tour prend la parole et dit :
« Mon aventure est assez singulière :
J'aimais aussi, car on aime toujours ;
A dix-sept ans qu'a-t-on de mieux à faire ?
Rien, si ce n'est d'épouser ses amours.
Ce mieux pourtant déplaisait à mon père.
Pour le fléchir mes pleurs coulaient en vain.
De sa rigueur je ne sais point la cause,
Mais à Nelson il refusa ma main.
Moi, je jurai qu'il aurait autre chose,

Je tins parole. « Il nous reste un moyen,
Dis-je à Nelson, un seul ; que ton amante
Devienne mère ; alors il faudra bien
Qu'à nous unir ma famille consente. »
D'un tel discours il parut enchanté ;
Et ce projet soudain exécuté,
Le fut si bien, si souvent, qu'une enflure
De jour en jour élargit ma ceinture.
A cet aspect, mon père furieux,
Loin de hâter un hymen nécessaire,
Avec dépit m'éloigna de ses yeux.
Cinq mois après vainement je fus mère :
Dans ce cachot son injuste courroux
Ensevelit mes penchants trop faciles,
Mes dix-huit ans désormais inutiles,
Et ces attraits, dont l'empire est si doux. »
    « Des miens encor je n'ai pu faire usage,

Dit sœur Inès; mais mon jeune cousin
Y pourvoira peut-être dès demain.
Beau comme un ange, il en a le langage.
Pour lui souvent je descends au parloir;
J'aime à l'entendre, et surtout à le voir.
Ses yeux charmants, où le désir pétille,
Semblent toujours se plaindre et demander;
Et quelquefois j'ose tout accorder.
Vaines faveurs! l'inexorable grille
S'oppose à tout, et défend le plaisir;
Nous y touchons sans pouvoir le saisir.
Pour mon ami c'est un nouveau supplice.
Souvent sa main dans les barreaux se glisse,
Et jusqu'à moi parvient avec effort :
Et trop souvent, avec elle d'accord,
De cette main je permets le caprice,
Enfin hier, en déplorant son sort,
Cet insensé me dit avec transport :
— A mes tourments si vous étiez sensible,
Si vous m'aimiez! — Eh bien! si je t'aimais?
— Ah! rien alors ne serait impossible.
— Que puis-je donc? — Vous n'oserez jamais;
Tout vous effraie, et vous craignez sans cesse.
— Voyons. — Un mur entoure le jardin;
Pour le franchir il faut un peu d'adresse :
J'en ai beaucoup. — Imprudent! quel dessein!
—Et vous m'aimez?—Peux-tu bien entreprendre...
— Oui, je peux tout pour aller jusqu'à toi.
— Mais au jardin je ne saurais descendre;
Et les verrous qui se ferment sur moi
T'arrêteront. — Laisse de ta fenêtre
Tomber deux draps attachés bout à bout.
-Risquer tes jours!-L'amour est un grand maître,
Charmante Inès, et je réponds de tout. •
Par ce discours, par sa persévérance,
Il a vaincu ma longue résistance,
Et j'ai dit oui. Demain donc il viendra.
Dieu! quel moment! De tout ce qu'il fera
Je vous promets l'entière confidence. »
• A demain donc, Inès, car je prétends
Du rendez-vous entendre aussi l'histoire.
J'aime à penser que la jeune Victoire
Sait mieux que vous occuper ses instants.
J'entre, et je vois une cellule étroite,
Un oratoire élégamment orné,
Un Christ à gauche, une Vierge à la droite,
Un bois grossier en table façonné,
Un lit sans plume au grand maître destiné,
Au sommeil seul; Victoire est si modeste!
Un homme arrive : ô vengeance céleste!
Anges discrets, Vierges du paradis,
Détournez-vous, fermez vos yeux bénis.
Il va chercher sous la noire étamine
Un sein de lis dont la forme divine
D'un séraphin tenterait la vertu.
Ce sein baisé palpite et reste nu.
A femme jeune et sûre de ses charmes
La nudité ne cause point d'alarmes.
Le voile tombe; il laisse dispersés
De longs cheveux bouclés par la nature,
Et que le fer n'a jamais offensés.
Dieu! que d'attraits sous la toile et la bure!
Jamais Vénus dans les bras d'un amant
Ne fut plus tendre et plus ingénieuse.
La volupté, tranquille et paresseuse,
Prend chez Victoire un air d'emportement.
L'entendez-vous? « Innocentes faiblesses,
O du baiser ineffable douceur!
Ange du ciel, ange de mon bonheur,
Le paradis ne vaut pas tes caresses. •
• Dans ce couvent c'est en vain qu'il fait nuit
Et de vingt sœurs pas une ne sommeille.
Luce dormait; la voilà qui s'éveille,
Et chez Thérèse elle arrive sans bruit.
Pour quel dessein? Ces compagnes fidèles
Veulent sans doute échanger leurs secrets
Non, le silence est observé par elles;
Mais un seul lit a reçu leurs attraits.
L'une à la fois et sourit et soupire;
D'un sexe absent l'autre usurpe l'empire.
Voyez leurs corps dans un groupe charmant,
Leurs jolis bras enlacés mollement,
Leurs seins pressés qui s'enflent avec peine.
Le fol espoir, la vive émotion,
De leurs baisers la douce illusion,

Hâte ou suspend leur amoureuse haleine.
La volupté les trompe tour à tour;
De vains désirs leur âme est consumée,
Et quelquefois d'une bouche enflammée
Sortent ces mots : Change mon sexe, Amour!
Couple insensé, puisque dans la retraite
Avec ses sens on emporte son cœur,
Puisqu'on soupire, et puisque du bonheur
On cherche encore une image imparfaite.
Brisez vos fers, cherchez loin des autels
Le bonheur même et des baisers réels.
• De mes conseils Célestine profite.
Depuis deux ans dans ce cloître elle habite.
Le jeune Elmon, qui la chérit toujours,
Par ses écrits à la fuite l'engage.
Belle et sensible, au matin de ses jours,
De sa prison elle hait l'esclavage :
Elle fuit donc. De sa chambre elle sort,
Pâle de crainte et détournant la tête
Au premier pas elle tremble et s'arrête
Pour écouter : Non, dit-elle, tout dort;
Puis elle avance et retient son haleine.
Dans la longueur du corridor obscur,
Pour s'appuyer sa main cherche le mur,
Et sur l'orteil son pied se pose à peine.
Elle descend l'escalier tortueux.
Ce fer léger, que l'art industrieux
Façonne exprès pour aider le mystère,
Ce fer proscrit est souvent nécessaire.
De la serrure il tourne les ressorts
Sans aucun bruit, sans bruit on le retire;
Sur ses deux gonds la porte roule alors,
L'amour triomphe et la pudeur soupire.
Un mur épais entoure le verger;
Elmon y place une échelle propice;
Jusqu'au sommet il parvient sans danger;
Puis du sommet adroitement il glisse,
Et l'espalier qui s'étendait sous lui
Prête à ses pieds un favorable appui.
A terre il saute et cherche son amante.
Elle arrivait incertaine et tremblante.
En revoyant l'objet qu'elle a pleuré,
Elle rougit et jette un cri timide,
Tombe sans force, et sur la terre humide
Penche aussitôt son front décoloré.
Le jeune Elmon la prend évanouie,
Et la soutient dans ses bras caressants.
Ses pleurs, sa voix, ses baisers renaissants,
Avec lenteur la rendent à la vie.
Par des soupirs faiblement entendus
Elle répond à cette voix chérie,
A ces baisers si doux et si connus.
Son sein baigné de larmes étrangères
S'enfle et palpite; elle ouvre ses paupières,
Lève les yeux, regarde son amant,
Et dans ses bras retombe mollement.
• Ne tardons plus, dit Elmon, le temps presse. •
Puis vers le mur il conduit sa maîtresse,
Sur l'espalier place son pied tremblant,
Guide ses mains et soutient sa faiblesse,
Jusqu'au sommet l'enlève avec adresse,
Fixe l'échelle et sans risque descend.
Leurs pas alors deviennent moins timides.
Un char traîné par deux coursiers rapides
Les attendait; ils y montent joyeux.
Avec plaisir je les suivais des yeux.
Le char s'éloigne, et roule vers la Suisse :
Dans ce pays l'hymen les unira.
Que Dieu vous garde, et qu'amour vous bénisse!
Criai-je alors : ce cri me réveilla. •

CHANT X ET DERNIER

Combat général. Bravoure de saint Joseph. Épouvante et fuite de Jésus-Christ. Sac du paradis. Situation très critique de la Vierge et de la Trinité. Arrivée de saint Priape et triomphe du christianisme. Épilogue. fin du monde et fin du poème.

Divin pigeon, ma piété tremblante
Se plaint à vous de vos propres bienfaits.
Pourquoi toujours à mes pinceaux discrets
Présentez-vous quelque image galante?
Je l'ai quitté, ce pays des amours,
Pays charmant, malgré tous ses orages,

Pays des fous, envié par les sages,
Où j'ai perdu la moitié de mes jours.
Il part ainsi l'homme qu'un sort contraire
Force à voguer vers un autre hémisphère :
Un vent léger que le nord a produit
Vient arrondir la voile déployée :
La mer écume, et la terre qui fuit
A l'horizon semble déjà noyée :
En soupirant il lève encor sa main
Pour saluer le rivage lointain,
Et gardera dans son âme attendrie
Un doux regret pour sa douce patrie.
Au seul repos je restreins mon bonheur.
Voudriez-vous réveiller dans mon cœur
Des souvenirs que ma raison redoute?
Voudriez-vous me tenter? Non, sans doute.
Dictez-moi donc de plus sages accords;
Laissons en paix les vestales chrétiennes;
Et, pardonnant à leurs saintes fredaines,
Du sombre Odin repoussons les efforts.
Notre avant-garde occupait la frontière,
Et du matin récitait la prière,
Quand les païens lui tombent sur les bras.
A leur retour on ne s'attendait pas.
Chacun pourtant faisait bonne contenance ;
Au pas de charge, on s'ébranle, on avance
Mais à l'aspect de ces fiers ennemis,
De ces géants que le nord a vomis,
Aux longs sourcils, à l'œil creux et sauvage,
Nés dans les bois, durcis par les hivers,
Et d'acier brut grossièrement couverts,
Nos gens en vain rappelaient leur courage.
Surpris, tremblants, et pâles de terreur,
Ils se disaient : Allons, n'ayons pas peur.
Bientôt après on fuit à toutes jambes;
Jamais poltrons ne furent plus ingambes ;
De notre armée ils rejoignent le gros,
Font volte-face et semblent les héros.
Le grand Michel sourit de leur vaillance :
Odin arrive, et l'action commence.
Or, dites-nous, Esprit inspirateur,
Qui le premier sut renverser son homme.
Ce fut Joseph. Pourquoi rire, lecteur?
Ce fut Joseph lui-même, et voici comme.
On le voyait, de son rabot armé,
Sortir des rangs, montrer son poing fermé,
Puis sur ses pas reculer au plus vite.
Un Scandinave, à la fin irrité
De son audace et de sa lâcheté,
Sur le pauvret court et se précipite.
Le bon Joseph s'était apparemment
Laissé conter, et croyait fermement,
Que l'on échappe à l'ours le plus farouche,
Lorsque par terre à plat ventre on se couche
Il s'y jeta, disant ce fameux *han*
Qui n'est qu'à lui, qu'on a mis en bouteille,
Et dont l'Eglise honore la merveille.
L'autre, emporté par son rapide élan,
Du pied le heurte, et trébuche, et culbute
Dix pas plus loin : Joseph, pendant sa chute
Se relevant, sur lui fond aussitôt.
Et sur ses reins fait jouer son rabot.
L'ange Uriel, dont la voix l'encourage,
S'écrie alors : « Ce début glorieux
De la victoire est pour nous le présage.
Marchons, chrétiens, exterminons ces dieux. »
Il marche donc, et sur sa tête altière
L'Olympien lance un foudre vengeur.
Ce foudre est vieux ; de sa flamme première
A peine il reste une faible chaleur;
Mais cependant divine est sa nature ;
Mais il partait d'une main ferme et sûre ;
Mais il est lourd; s'il ne brûle pas,
Il peut du moins casser têtes et bras.
L'ange étendu sur la céleste arène
Sans mouvement, sans pouls et sans haleine,
A l'hôpital fut soudain emporté.
Cet accident, ici-bas ordinaire,
Des fanfarons rabattit la fierté.
Un *Oremus* leur semble nécessaire ;
Et Raphaël s'écrie avec humeur:
« Vous faites bien d'invoquer le Seigneur
Mais le Seigneur, qui vous croyait plus brave
Vous répondra : Païens et Scandinaves
Seront vaincus si vous avez du cœur. »

Sur ce propos un second foudre arrive,
Qu'on destinait sans doute au général;
Il parle encore, et le carreau fatal
Rasant ses yeux, de la clarté les prive.
Voilà nos gens qui tremblent derechef.
Quelqu'un alors leur dit : « La chose est triste;
Mais un moment nous rendra notre chef.
Vous savez tous qu'il est bon oculiste. »
    A l'aile droite on se défendait mieux.
De Gabriel la bravoure tranquille
Y soutenait un combat difficile.
Thor sur son char se dresse furieux,
Et fait voler sa masse invincible :
L'ange l'évite en inclinant son front;
Elle revient, mais notre ange est plus prompt :
Son bras nerveux décharge un coup terrible
Sur l'un des boucs au timon attelés,
Le feu jaillit de sa corne divine;
Saisi d'effroi, de douleur, il piétine,
Heurte le char dans ses bonds redoublés,
Le jette à gauche, et toussant à voix forte,
Son compagnon et son maître il emporte.
    Le loup Fenris, l'aigle de Jupiter,
Dans ce combat d'éternelle mémoire
A nos dépens se couvrirent de gloire.
L'un dévorait. L'autre plane dans l'air;
De temps en temps il fond comme un éclair
Sur nos héros : son adresse est extrême,
Et vainement on voudrait regimber;
Puis il remonte, et laisse retomber
Sur chaque tête, à l'endroit du baptême,
Les casques lourds qu'il enleva lui-même.
    Sur leurs coursiers les trois filles d'Odin
D'une aile à l'autre allaient avec vitesse,
Caracolant et combattant sans cesse.
Malheur à ceux qui barrent leur chemin!
Les lances d'or à dix pas les renversent;
Les bataillons sous leurs bras se dispersent:
Mais Gabriel de loin s'offre à leurs yeux :
Tranquille et fier, beau, brillant, radieux,
Cet ennemi leur paraît digne d'elles.
Un triple coup frappe son bouclier;
Un autre suit; de l'élastique acier,
Qui retentit, sortent mille étincelles.
L'ange étonné recule quelques pas,
En souriant remarque leurs appas,
Et dit ensuite : « Avec trop d'avantage
Vous m'attaquez, et de votre courage
En ce moment d'autres pourraient douter.
Sur ces chevaux vous n'avez rien à craindre;
Je suis à pied, je ne peux vous atteindre.
A vos efforts si je sais résister,
Que dira-t-on? que devient votre gloire?
Si vos coursiers vous donnent la victoire,
Un tel triomphe a-t-il de quoi flatter?
Voyons pourtant, et gardez-vous de croire
Qu'ici je tremble : on ne refuse pas
D'être battu par d'aussi jolis bras.
— Non, attendez, et nous allons descendre, »
Dit Gondula, sensible à ce propos;
Et les trois sœurs sautent de leurs chevaux;
Et Gabriel songeait à se défendre;
Mais tout à coup il s'arrête et reprend :
« Ce sacrifice, entre nous n'est pas grand,
Je n'ai sur moi qu'une robe très fine;
Un dur acier couvre votre beau corps.
Pourquoi gêner cette taille divine?
Dégagez-là, nous combattrons alors. »
Ces mots adroits qu'il prononce avec grâce,
Et dont le sens est écrit dans ses yeux,
Font beaucoup rire, et n'en valent que mieux.
La grâce est tout, avec elle tout passe.
« Il a raison, » dit la vive Rista.
On rit encore, et l'armure on ôta,
Quel doux moment! la transparente gaze
Laisse admirer à l'ange connaisseur,
De mille attraits la forme et la blancheur.
Muet, l'œil fixe, il semblait en extase.
Filles d'Odin, redoutez ce lutteur!
« Mais allons donc, et mettez-vous en garde, »
Dit Gondula d'un air malin et doux.
L'Ange répond : « Dès lors qu'on vous regarde
Il faut céder, la victoire est à vous.
Comment peut-on lever sur tous ces charmes
Un fer tranchant, les blesser, les meurtrir,

Lorsqu'on voudrait de baisers les couvrir?
Point de combat, ou prenons d'autres armes :
Luttons plutôt. » Nouvel étonnement,
Nouveaux coups d'œil, nouveaux éclats de rire;
Et Gondula répète : « Il est charmant!
A sa demande il faudra bien souscrire;
Je veux le vaincre, il n'importe comment. »
    A l'aile droite à lutter on s'apprête;
A l'aile gauche on criait au secours,
Et vers le centre on se battait toujours.
Le grand Michel avait Odin en tête,
Et résistait; c'est tout dire en deux mots.
Ce général monte un coursier rapide
Son fier maintien, son courage intrépide
De ses soldats font presque des héros.
Odin frémit de honte et de colère;
Et brandissant un long épieu pointu,
Qui lui paraît une paille légère,
Sur son rival il fond comme un tonnerre
Dont le fracas au loin est entendu.
L'ange s'incline ; et l'arme meurtrière.
De son beau casque emportant le cimier,
Frappe à l'épaule un innocent guerrier
Qui par malheur se trouvait là derrière :
C'est saint Thomas. Sur le parquet d'azur,
Le ventre en l'air, ce vénérable apôtre
Tombe aussitôt, disant : « Il est bien dur
Dans un combat de payer pour un autre ! »
Au même instant le redoutable Odin
Tire son glaive, et Michel qu'il menace.
D'un coup heureux entamant sa cuirasse,
De sa peau dure écorche le chagrin.
Le dieu sourit et sa riposte est prête.
Si durement tomba l'acier fatal,
Qu'il pourfendit et le casque et la tête,
Le cavalier, la selle et le cheval.
Les deux moitiés séparément tombèrent ;
Les deux moitiés soudain se rajustèrent;
Mais la douleur fait succomber Michel,
Et d'un pas faible il rejoint Gabriel.
Quel contre-temps! sa chute et sa retraite
De ses soldats annonçaient la défaite.
Pour s'échapper chacun formait son plan.
« Sauve qui peut! » crie alors un quidam.
Tous le pouvaient; la déroute est complète.
    Du paradis observant tout cela,
Le saint Trio craignit pour son empire.
« Va, dit soudain le vénérable Sire,
Cours, mon cher fils, et prends ces foudres-là »
En rechignant Jésus prit le tonnerre,
Et dépouilla d'un mouton débonnaire
Les traits heureux ; sur ses membres bénis
De blanc linon il déploie un surplis ;
Son cou divin s'entoure d'une étoile;
Il élargit sa brillante auréole,
Grossit sa voix, raffermit son maintien,
Marche à grands pas ; bref, il était très bien.
    Ce nouveau chef, qui doit être invincible,
Rend aux chrétiens l'espoir et la valeur;
Le plus poltron se croit déjà vainqueur.
Jésus, armé de la foudre terrible,
Tourne la tête et la lance au hasard :
Soudain Heimdall est couché sur l'arène.
Ce premier coup l'anime ; un autre part :
Du grand Odin il brise l'étendard,
Et de héros renverse une douzaine.
Le dieu piqué se retourne vers Thor :
« Cours, et punit cet abbé téméraire,
Son père ici ne s'offre pas encor :
Fils contre fils, tu vaincras, je l'espère :
Entre tes mains je remets mon tonnerre. »
    Le vaillant Thor, de plaisir transporté,
Vole au combat ; et d'un autre côté
L'on voit aussi Jupiter qui s'avance.
Des attributs de leur triple puissance
Ces fiers rivaux s'entourent à la fois.
Les vents fougueux accourent à leur voix ;
De toutes parts s'assemblent les nuages,
Les tourbillons précurseurs des orages,
Et les frimas enfants des noirs hivers.
En même temps se heurtent dans les airs
Le chaud, le froid, et le sec, et l'humide,
La blanche neige, et la grêle rapide,
Les flots de pluie, et le givre perçant,
L'obscurité, l'éclair éblouissant,

Les feux follets errant dans l'atmosphère,
Et les éclats de ce triple tonnerre
Que prolongeait l'écho retentissant.
L'homme, étonné d'un désordre semblable,
Se cache, et dit : « Il fait un temps du diable! »
    Jésus alors, certain de son pouvoir,
Se croit vainqueur; et, dans ce doux espoir,
Par un sourire aux païens il insulte.
Mais au milieu de cet affreux tumulte,
Qui dans le ciel ramenait le chaos,
Sur lui soudain fondent ses deux rivaux ;
Et déjà même, aux foudres insensible,
L'Olympien, impétueux, terrible,
Tendait le bras pour le prendre au collet.
Notre Sauveur à ce geste frissonne !
Son front pâlit, la force l'abandonne;
Il fuit; que dis-je ? en fuyant il volait.
Près de son père il retourne au plus vite ;
Et reprenant sa forme favorite,
Triste, honteux, de chagrin il bêlait.
    Lorsque son Dieu prend la fuite, sans doute
L'homme chétif a droit d'en faire autant.
Gabriel seul aurait pu d'un instant
De nos soldats retarder la déroute;
Mais autre part on a su l'arrêter.
Vous occupiez le plus beau de nos Anges,
Filles d'Odin ; et, sans vous en douter,
En favorisant vous battiez nos phalanges.
    Tout fuit, tout cède au vainqueur courroucé.
D'un saut rapide il franchit le fossé
Que fraîchement avait creusé la crainte;
Du paradis il inonde l'enceinte ;
Le sanctuaire est aussitôt forcé.
O honte! ô crime! on rosse les Puissances,
On jette à bas six mille Intelligences
Qui figuraient dans les processions ;
De leurs gradins les Trônes on renverse;
On foule aux pieds les Dominations,
Et des Vertus le troupeau se disperse.
Du saint Trio les gardes résistaient.
Et d'une main tenant la balustrade,
Par de grands coups de l'autre ils écartaient
Les insolents qui tentaient l'escalade.
Mais l'on empoigne et l'on jette à leur nez,
Devinez quoi ? les têtes chérubines
Aux frais mentons, aux lèvres purpurines,
Que dans un coin trouvent ces forcenés.
La garde fuit; à l'autel on fait brèche,
Et l'on arrive à ces esprits divins
Qui jour et nuit brûlent sur leur bobèche ;
Dessus l'on souffle: adieu les Séraphins.
    En attendant, lecteur, qu'on les rallume,
L'aigle s'abat sur le tendre pigeon
Qui s'enfuyait, le grippe sans façon,
Et dans les airs il fait voler sa plume.
Le Saint-Esprit, qui m'inspire, prétend
Qu'il eut grand'peur dans ce critique instant.
    Le loup Fenris du beau mouton s'empare :
« Assez souvent tu te laisses croquer! »
Criait le monstre ; et sous sa dent barbare
Les os divins commençaient à craquer.
    Il faut tout dire. Odin, qui sur son siège
Voyait la Vierge immobile de peur,
Vers elle étend une main sacrilège,
Jure par F..., et, pour comble d'horreur,
Il ajoutait : « C'est le droit du vainqueur ;
Et vous cachez en vain, belle Marie,
Ce que vos Saints nomment l'*ignominie*. »
    Voici bien pis. Le Père, en pâlissant,
Pour s'échapper de son trône descend ;
Mais Jupiter, l'arrêtant par la manche,
Saisit de plus sa barbe longue et blanche.
« N'arrachez pas, n'arrachez pas, morbleu!
Dit le Pater. Ecoutez; je tiens peu
A mon autel, à l'encens qu'on me donne,
Et sans regret je vous les abandonne ;
Mais laissez-moi ma barbe, au nom de Dieu ! »
L'autre sourit ; et d'un effort coupable,
Il secouait ce menton adorable.
    A cet excès d'abomination,
Complète fut la désolation.
Tous les chrétiens prosternés en silence,
A demi-morts attendaient leur sentence.
Mais un *bravo* mille fois répété
Se fait entendre : on voit soudain paraître

Un animal que l'on croit reconnaître,
Coiffé d'un froc, de laine empaqueté.
Les reins serrés d'une blanche ficelle,
Montant à pic vers la voûte éternelle.
Et dans les airs par six anges porté :
C'était Priape. Il dit d'une voix forte :
« Paix là, faquins ! à quoi bon ces combats ?
Ici l'on plaide, et l'on juge là-bas.
L'homme a jugé ; bien ou mal, il n'importe.
De Constantin voici l'édit fatal.
Dès aujourd'hui, païens, on vous supprime.
Cédez l'Olympe à cet heureux rival,
De tous vos droits héritier légitime.
N'en croyez pas au reste mon rapport :
Baissez les yeux, et voyez votre sort. »
   Il n'avait pas menti ; sur notre terre
S'exécutait la sentence sévère.
En ce moment de ces pauvres païens
On renversait les temples, les statues ;
Au préalable on confisquait leurs biens ;
On insultait leurs prêtres dans les rues ;
Et ce seul cri retentissait dans l'air :
« Vive la croix ! au diable Jupiter ! »
   A l'évidence il fallait bien se rendre.
Le dieu du nord, l'aigle et le loup Fenris,
Au même instant lâchent ce qu'ils ont pris,
Ce qu'ils serraient. Odin, sans plus attendre.
En les sifflant rappelle ses soldats,
Et fier encor, marche vers ses Etats.
Sa forte main, cette main si coupable
Qui secouait le menton du Seigneur
D'un moindre effort tout à coup incapable,
Mollit et s'ouvre, et tombe avec langueur.
Des autres dieux semblable est l'aventure :
Paralysés, faibles, tremblants et doux,
Sans résistance et même sans murmure,
Sur le Parnasse ils dégringolent tous.
   Ainsi finit cette guerre funeste.
Elle avait mis nos chrétiens sur les dents,
La paix revint dans le séjour céleste,
Et les mortels disaient : « Il fait beau temps. »

FIN DE LA GUERRE DES DIEUX

<center>~~~~~~~~</center>

ÉPILOGUE

Mon cœur est pur, et ma bouche est sincère.
En vérité, frères, en vérité,
Ce qu'on m'a dit je vous l'ai répété.
Assez longtemps au séjour du tonnerre
J'ai fréquenté les Saintes et les Saints :
Du paradis je quitte les gradins,
Et, satisfait, je descends sur la terre.
Qu'y vois-je ? ô crime ! ô désolation !
Fille du ciel, romaine Sulamite,

Toi du Français l'antique favorite,
Il te repousse ; et la confusion
Règne aujourd'hui dans la triste Sion.
Tout est changé : tes rivales impies,
D'un long exil brusquement affranchies.
Auprès du tien élèvent leur autel.
Que dis-je ? hélas ! leur encens criminel
Insolemment parfume tes églises,
Que des ingrats au partage ont soumises.
Tu ne peux plus promener dans Paris
Ta riche croix, tes bannières pesantes,
De tes Stentors les voix retentissantes,
Tes encensoirs, tes choristes fleuris.
Ta mitre d'or, et tes mains bénissantes
On a dans l'ombre exilé ton soleil ;
On a brisé de tes cloches fidèles
L'airain sacré si fatal au sommeil.
Tes gros serpents, et tes aigres crécelles
   Les temps prédits sont pour nous arrivés ;
Voici la fin de ce coupable monde.
De l'Antechrist la malice profonde
Des justes même a fait des réprouvés.
Pour égarer la française sagesse,
Ce monstre adroit prend de la Liberté
Le nom chéri, la voix enchanteresse,
Les traits, le geste, et la mâle beauté.
Sans peine alors il séduit, il entraîne.
Comment nommer ces miracles nouveaux ?
D'un seul Français il fait plusieurs héros.
Par lui l'Europe a soulevé sa chaîne.
De nos couvents il brise les verrous :
On voit du Christ les amantes pudiques,
De cet hymen rompant les nœuds mystiques,
Leur préférer de palpables époux.
De nos autels le coupable ministre,
Laissant du deuil le vêtement sinistre,
Ose former un profane lieu ;
Il devient homme, et père, et citoyen.
On a permis à cette infortunée,
Que tourmentait un maître impérieux,
De renoncer à ce joug odieux,
Et de chercher un plus doux hyménée.
   Mais l'heure approche, ô mortels corrompus !
De ces forfaits dont frémit la nature,
Le genre humain a comblé la mesure :
Il va périr, il périt, il n'est plus.
   De notre terre, où s'assied le silence,
Qui pleurera la solitude immense ?
Mais tout à coup un ange dans les airs
Fait retentir la trompette éclatante.
Ce son terrible ébranle l'univers :
Dans les tombeaux il porte l'épouvante.
« Morts, levez-vous ! » A ces mots chacun d'eux,
Se dégageant du linceul qui le presse,
Montre à demi son visage terreux,
En clignotant au jour ouvre les yeux,
Étend les bras, et sur ses pieds se dresse.

Mais quelques-uns, du sommeil amoureux,
Ou devinant leur prochaine sentence,
Dans leur réveil mettent plus d'indolence.
L'ange leur crie : « Allons donc, paresseux !
A vos tombeaux vous preniez goût, je pense. »
   Voici leur juge : ô spectacle effrayant !
Dans un orage, ainsi l'on voit la foudre
Avec l'éclair partir de l'orient,
Et tout à coup embraser l'occident.
« Eh bien ! tonnez, réduisez-nous en poudre »
Disent alors les pécheurs. Vain désir !
On peut revivre, on ne peut remourir,
« Puisqu'on refuse à nos vœux le tonnerre,
Ajoutent-ils, ouvre tes flancs, ô terre !
Etna, Vésuve, Alpes, tombez sur nous ! »
Mais pour si peu vous n'en serez pas quittes ;
Un tel chapeau sur vos têtes proscrites
Serait encore un supplice trop doux.
   Un morne effroi saisit le juste même ;
Le cœur lui bat : mais l'arbitre suprême
Parle en ces mots : « Innocentes brebis,
Qui du salut prîtes la route étroite ;
Venez enfin, placez-vous à ma droite,
Séparez-vous des boucs ; je les maudis. »
A cette voix chaque brebis docile,
Fait ses adieux ; vers la droite elle file ;
Et nous bêlons un cantique à Jésus.
Tout en bêlant, je compte des élus
Le petit nombre ; ô sagesse ineffable !
Hélas ! des boucs la foule est innombrable
   Mais quel fracas ! quelle confusion !
Du mouvement et de l'attraction
La loi n'est plus ; nos fidèles planètes,
Notre soleil si fixe jusqu'alors,
Et notre lune, et nos folles comètes,
Et Sirius, et ces immenses corps,
Ces millions de mondes et d'étoiles
Qui de la nuit enrichissent les voiles,
Par la tangente aussitôt s'échappant ;
A droite, à gauche, à grand bruit se heurtant,
Viennent du Christ seconder la colère,
Et s'abimer sur notre pauvre terre.
Vaincu trop tard, l'incrédule docteur,
Qui n'avait pas calculé ce miracle,
Blême et tremblant, contemple avec stupeur
De l'univers l'effroyable débâcle.
   Moi qui, plus sage, ai cru sans examen.
Au paradis radieux je m'élève :
J'entre ; et tandis qu'auprès de Geneviève.
Je suis assis dans le céleste Éden.
L'enfer reçoit nos soldats téméraires
Qui de Jésus houspillaient les vicaires,
Les persifleurs du culte de nos pères.
Et les amants des filles de nos mères,
Et les frondeurs de mes rimes légères

In sæcula sæculorum ; amen.

Ora pro nobis! **TOUR D'IVOIRE; VASE D'ÉLECTION.** *Priez pour nous!*

ÉVARISTE PARNY

LES

GALANTERIES DE LA BIBLE

Approchez, chrétiennes jolies,
De la Genèse les versets
Valent bien d'un roman anglais
L'horreur et les tristes folies.
Surmontez d'injustes dégoûts,
Lisez; de la Bible pour vous
Je traduis les galanteries.

ADAM ET ÈVE

Nous savons trop, à nos dépens,
Comment le premier des serpents
Des femmes tenta la première,
Et comment notre premier père
Acheva le fruit défendu
Que son épouse avait mordu.
Il leur en coûta l'innocence,
A nous aussi. Brûlants d'amour,

Sous des berceaux fermés au jour,
Du ciel ils bravent la défense,
Et de leur première ignorance
Ils semblent craindre le retour.
Hélas! il était impossible.
Mais enfin, au feu des transports,
Succède l'ivresse paisible;
Un bruit se fait entendre alors :
O ciel! c'est Jéhovah lui-même.
Leur trouble, leur crainte est extrême.
Pour échapper à l'œil divin,
Les voilà qui prennent la fuite,
Et qui se cachent au plus vite
Dans l'épaisseur du bois voisin.
Bientôt le Seigneur les appelle,
Et d'un ton ironique et doux :
« Couple obéissant et fidèle,
Adam, Ève, où donc êtes-vous? »

Point de réponse. « J'irai prendre,
Et je saurai punir après,
Les insolents qui sont tout près
Et qui ne veulent pas m'entendre. »
A ce nouveau commandement,
Il fallut quitter le bocage.
D'un figuier prenant le feuillage,
Ils s'en forment un vêtement.
Dans ce bizarre accoutrement,
Ils s'avancent, mais lentement,
Les yeux baissés, la tête basse,
Joignant les mains, demandant grâce,
Confus, tremblants et consternés,
Tous deux de mensonge incapables,
Tels enfin que de vrais coupables
Déjà jugés et condamnés.
Adam précédait son amie :
Ève, craintive et parlant peu,

N'aurait pu répondre à son Dieu.
Le péché l'avait embellie.
Son procès d'avance est instruit;
D'amour encore elle soupire,
Et sur son visage on peut lire
Ce qu'elle a fait pendant la nuit.
En femme sage et bien apprise,
Par dessus la verte chemise
Qui ne dérobe qu'à demi
De son corps l'albâtre arrondi,
Aux yeux du juge redoutable,
Elle étend la main prudemment
Sur ce qu'elle a de plus coupable,
Sur ce qu'elle a de plus charmant.
Dieu sourit et dit en lui-même :
« Il est bien temps! » Mais aussitôt
Reprenant d'un maître suprême
Le front sévère, il dit tout haut :
« D'où venez-vous? — De ce bocage.
— Pourquoi ces robes de feuillage?
A quoi bon s'accoutrer ainsi?
— J'étais nu, ma compagne aussi;
A vos yeux nous n'osions paraître
Dans un état si peu décent.
— Hier vous n'en saviez pas tant.
Quel hasard vous a fait connaître
Et la décence et la pudeur?
— Seigneur... — Eh bien?— Ève est si belle!
La pomme est si douce avec elle!...
— Il faudra payer sa douceur.
Homme ingrat, et vous sa complice,
Vous, dont l'équivoque rougeur,
Et dont le petit air boudeur
Semblent m'accuser d'injustice,
Sortez de ces heureux jardins,
Sortez sans détourner la tête,
Sortez donc ! ce séjour honnête
N'est pas fait pour des libertins. »
A cette verte réprimande,
Il ajouta ce mot dernier :
« A propos je vous recommande
De croître et de multiplier. »
Sexe charmant, à votre empire,
Insensé qui s'opposera.
Ève elle-même vous légua
Le don de plaire et de séduire.
Aux lèvres de son jeune époux,
Lorsqu'en riant sa bouche humide
Offrit dans un baiser timide
Le fruit qu'elle rendait si doux,
Malgré la menace cruelle
D'un maître qui savait punir,
Il voulut se perdre avec elle,
Avec elle il voulut mourir.
Maudit par son juge sévère,
Sans secours errant sur la terre,
Il disait avec un sourire :
Ève, tu m'aimes, je t'adore,
Et le baiser nous reste encore;
Crois-moi, voilà le paradis. »

LES GÉANTS

O du ciel profonde sagesse!
A la honte de notre espèce,
Le premier né du genre humain
Fut un brigand, un assassin.
Caïn, teint du sang de son frère,
Maudit de Dieu, n'y pensant guère,
Au loin habita d'autres champs.
Il les peupla; car les méchants,
Race prolifique et féconde,
Savent peupler ce triste monde
Bien mieux que les honnêtes gens.
Soit caprice de la nature,
Soit faveur d'un climat heureux,
Ses enfants, d'énorme stature,
En firent de plus vigoureux.
La terre, des fruits appauvrie,
Légèrement les nourrissait.
Force et paresse, comme on sait,
Vont très souvent de compagnie.
Mangeant beaucoup, travaillant peu,
Ces messieurs pourtant voulaient vivre,
Et devinrent, dit le gros livre,
De fameux chasseurs devant Dieu.
Ils s'emparèrent des montagnes,
Des cavernes et des forêts,
Et leurs pieds n'écrasaient jamais
Le gazon des vertes campagnes.
D'Abel les enfants plus mignons
Subsistaient d'une autre manière :
Ils habitèrent des vallons
Arrosés par une onde claire;
Leur adresse éleva des toits;
Leurs troupeaux couvrirent les plaines;
Libres dans leurs riches domaines,
Ils étaient tous bergers et rois.
Enfin, après longues années,
Un géant qui chassait un daim
Devant lui trouve le Jourdain,
L'enjambe, et voilà mon vilain
Dans ces campagnes fortunées.
On peut juger s'il fut surpris!
De ses deux gros yeux ébahis
Parcourant avec complaisance
Ces champs engraissés d'abondance
Et peuplés de blanches brebis,
Vers les cabanes il s'avance;
A son aspect inattendu
Grande frayeur. Avez-vous vu
Des moineaux la troupe légère
Descendre ou s'emparer d'une aire
Où le blé vient d'être battu?
Au moment où leur bec avide
Travaille au pillage commun,
Arrive un fermier importun;
Plus de moineaux, la place est vide :
Voilà l'image de la peur
Que dut faire au peuple pasteur
Du géant l'approche subite.
Hommes et femmes tout d'abord,
Jetant un cri prennent la fuite ;
Les enfants qui couraient moins vite,
Tendant les bras, criaient plus fort...
A quelque distance on s'arrête ;
Puis on tourne à demi la tête
Vers le géant qui tout là-bas
Demeurait planté sur ses jambes,
Surpris et riant aux éclats
De voir comme ces nains ingambes
Précipitaient leurs petits pas.
« Quel homme! — Dis plutôt quel diable!
— Comme nous pourtant il est fait;
Un nez, une bouche... — En effet,
A l'homme en tout il est semblable.
— Voyez-vous cette large main
Qui par des signes nous rappelle?
Approchons. — Sous un air humain,
S'il cachait une âme cruelle ?
— Il nous eût assaillis soudain.
Mais il reste là comme un terme,
Que peut-il entreprendre enfin,
Seul contre cent ? avançons ferme! »
Tout se passa tranquillement.
Un géant à l'humeur paisible,
Et des petits communément
La faiblesse est plus irascible.
De tous côtés on l'entourait,
Sa haute taille on admirait,
Ses longues mains on mesurait,
Et ses bras et ses mains menus.
De loin les femmes regardaient.
Que pensaient-elles? Je l'ignore :
Mais tout bas elles chuchotaient.
La nuit arriva ; le sauvage
Soupa d'un mouton bien dodu,
Et se coucha sur le feuillage
Qu'on avait exprès étendu.
Voilà les femmes réunies ;
Ecoutons leur vif entretien.
« Savez-vous, mes bonnes amies,
Que ce géant est bien? — Très bien.
— A l'excès je suis curieuse...
Oui, je voudrais... — Et nous aussi;
Mais l'entreprise est périlleuse
— Pourquoi s'effaroucher ainsi?
Un pressentiment me rassure.
Venons au fait : quelqu'une ici
Peut-elle tenter l'aventure ? »

Point de réponse. Avec raison
Les unes gardaient le silence ;
D'autres craignaient; d'autres, dit-on,
Ne se taisaient que par décence.
La plus brave se lève enfin,
Et part en disant : « A demain. »
A la voix du chien qui le presse,
Et qui talonne sa paresse,
Qu'un mouton franchisse un fossé;
Par l'exemple aussitôt poussé,
Tout le troupeau se précipite;
C'est à qui sautera plus vite;
L'étranger était chaque soir
Visité par quelque sauteuse
Longtemps sa complaisance heureuse
Remplit et passa leur espoir ;
Mais le plus complaisant des hommes,
Et des géants s'arrête enfin,
Tel est notre commun destin,
Chétive espèce que nous sommes !
« N'avez-vous point de compagnons?
Lui demandèrent les traîneuses.
— Mes pareils, robustes et bons,
Forment des peuplades nombreuses.
— Et des amis, en avez-vous ?
— J'en ai quelques-uns. — Parmi nous,
Croyez-vous qu'ils voulussent vivre?
— J'en suis sûr. — Eh bien! retournez;
Et s'ils consentent à vous suivre,
Bien vite, avec eux, revenez. »
Il part ; après un mois d'absence,
Il revient avec cent amis,
Jeunes, discrets, et bien munis
De ce qu'on nomme complaisance.
Aux géantes ils n'avaient pas
Confié ces galants mystères ;
Mais ces femmes aventurières
De loin suivirent tous leurs pas.
« Voilà, répétaient les bergères,
Du superflu. — C'est du nouveau, -
Dirent les bergers moins sévères. »
Les géantes firent l'écho.
La Genèse est œuvre divine,
Mais obscure : des gens profonds,
De ces antiques Patagons,
Dans le ciel cherchent l'origine.
La Bible dit : « Les fils de Dieu,
Des hommes voyant que les filles
Etaient faciles et gentilles
Les pourchassaient, et ce doux jeu
Des géants créa les familles. »
Mais ces fils de Dieu, qui sont-ils ?
Messieurs les docteurs, peu m'importe;
Sans examen je m'en rapporte
A vos commentaires subtils.

LES ANGES

Ainsi, quand une pastourelle
Veillait seule sur le troupeau,
Un ange descendait près d'elle,
Et l'amusait par ses propos :
Je dis propos, par indulgence
Pour la primitive innocence.
Lorsque d'un torrent le fracas
Arrête une femme craintive,
Un ange la prend dans ses bras,
Et la couche sur l'autre rive.
Désire-t-elle un fruit nouveau?
Un ange officieux et leste
Du pommier courbe le rameau;
Aux femmes la pomme est funeste.
Le galant et beau Gabriel,
Feignant toujours quelque message,
Allait de village en village
Parler d'amour au nom du ciel.
Voyez sa complaisance extrême:
Il annonce avec un souris
A l'épouse, à la vierge, un fils...
Qu'obligeamment il fait lui-même!

LES DIABLES

Satan apprend dans les enfers,
Des anges les exploits divers.

Soudain, de son trône il se lève
« Sur les filles de la belle Ève,
Dit-il, nous avons seuls des droits
Sans ma pomme que sauraient-elles ?
Passons-leur des goûts infidèles ;
Mais au moins partageons leur choix »
Ils viennent : ces rivaux étranges
Quelquefois supplantaient les anges.
Toi donc qui veux fixer l'amour,
Sois ange et démon tour à tour.
Les démons ne préludent guères,
Ils sont brusques et téméraires ;
Point de soupirs, point de langueur,
De soins, ni d'intrigues suivies ;
Ils vont au fait, et, pleins d'ardeur,
Le fait toujours les justifie.
Au rendez-vous si quelque amant
Faisait attendre sa maîtresse,
Un diable arrivait lestement,
Et saisissait l'heureux moment
Offert en vain à la paresse.
Un mari comme il n'en est pas,
Ose-t-il sous la clé jalouse
Enfermer la timide épouse
Dont il néglige les appas ?
Satan punira cet outrage,
Porté sur les vents et l'orage,
Il vient au milieu des éclairs ;
Du sein des nuages ouverts
Avec la foudre étincelante
Il tombe, brise le verroux,
Rassure l'épouse tremblante,
Et répète : Avis aux jaloux.
Voici bien pis : dans une fête,
Quand le sacrifice s'apprête,
Et lorsqu'un encens solennel
Parfume le champêtre autel,
Les démons paraissent en armes,
Et poussent le cri des combats.
Un sexe fuit ; malgré ses larmes,
Du plus faible on retient les pas,
La faiblesse fait sa puissance ;
Une autre fête alors commence,
Fête d'amour et de plaisir,
Qui jamais ne devrait finir.
Dans l'ombre de la nuit les diables
Se réunissaient quelquefois,
Et sans remords leurs mains coupables
D'un village embrassaient les toits.
Ces brigands du milieu des flammes
Sauvaient les filles et les femmes,
Et les consolaient jusqu'au jour...
Quel étrange et terrible amour !
Ainsi que des démons femelles,
Il est des anges féminins,
Et par dépit ces immortelles
Recevaient des baisers humains.
La nuit, dans un bois solitaire
Surprend-elle un jeune chasseur,
Au ciel sa naissante frayeur
Adresse une vive prière ;
Lucidine aussitôt paraît :
Douce surprise ! moins timide,
Jusqu'à l'aube dans la forêt
Il retient son aimable guide.
L'adolescent dans son sommeil
Voit-il une amante divine ?
Ses yeux s'ouvrent ; c'est Susurrine
Qui hâte et charme son réveil.
Plein de sa fidèle tendresse
A l'ombre des bosquets déserts
Un amant chante, et dans ses vers
Compare aux anges sa maîtresse ;
Pudorine passe ; il poursuit
Sa beauté, ses grâces nouvelles ;
Sourde et légère, elle s'enfuit ;
Mais du désir il a les ailes ;
Suivent les amoureux combats ;
En rougissant, sur ses appas
Elle étend sa main protectrice,
Le sort injuste la trahit ;
Elle fait un faux pas, et glisse :
C'est par là toujours qu'on finit.
Du ciel les jeunes habitantes
Choisissent pour leurs rendez-vous

Des bosquets le jour faible et doux,
Un tapis de fleurs odorantes ;
Elles ménagent le bonheur,
Aiment les tendres confidences,
Les soupirs échappés du cœur,
La flûte et les longues romances.
De l'enfer les fières beautés
Demandent d'autres voluptés
Il leur faut des rochers arides,
Le sable brûlant des déserts,
De vieux troncs de mousse couverts,
Et le bruit des torrents rapides ;
Elles préfèrent aux soupirs
L'aigre cri des oiseaux sauvages ;
Rien n'intimide leurs désirs ;
En vain grondent les noirs orages,
La foudre éclaire leurs plaisirs.
Les faveurs de ces immortelles
N'avaient aucun danger pour elles ;
Mais des anges les doux transports,
Ceux des diables, moins doux, plus forts,
De nos vierges firent des mères ;
Les géants naquirent alors,
Et prirent les goûts de leurs pères.
La force n'entend pas raison :
Plus de lois. Dans certain village
Dont l'histoire oublia le nom,
S'établit un coupable usage.
De ses voiles officieux
Lorsque la nuit couvre les cieux,
Toutes les femmes, je dis toutes,
Dans les détours d'un bois épais
S'enfoncent, et peuplent ses routes.
Les hommes arrivent après.
Le silence est sur chaque bouche.
Au hasard la main cherche et touche.
A-t-elle choisi ? les refus
Comme un crime sont défendus.
Après ce mélange bizarre,
Sans se connaître on se sépare,
Et l'on trouve un heureux sommeil.
Au premier rayon du soleil,
Tout changeait ; l'ordre et la décence,
Le sage hymen, le tendre amour,
Les soins, l'éternelle constance,
Etaient réservés pour le jour.
Trop souvent le mal a des ailes,
Tandis que le bien est boiteux.
Ces gens étaient peu scrupuleux ;
D'autres s'amusèrent comme eux ;
D'autres surpassaient leurs modèles !
Bientôt l'abomination,
Que suit la désolation,
S'étendit et couvrit la terre ;
Et Dieu, dans sa juste colère,
S'écria : « Fougueux ouragans,
Chargez-vous de grêle et de pluie ;
Soufflez sur cette terre impie,
Et noyez tous ses habitants.
J'eus tort de créer cette espèce,
Avide du fruit défendu ;
Je m'en repens, je le confesse ;
Et pourtant j'avais tout prévu. »
Noé, ses enfants et son arche,
Furent le précieux noyau
D'où sortit un monde nouveau.
De l'ancien il prit la marche ;
L'homme toujours se dépravant,
Au risque d'un second déluge,
Fut à la barbe de son juge
Plus libertin qu'auparavant !

ABRAHAM ET SARA

Le seul Abraham, loin des villes
Où naissent les arts corrupteurs,
Heureux dans ses vallons fertiles,
Du vice préserva ses mœurs.
Il en reçut la récompense.
De la famine menacé,
A regret il se vit forcé
De chercher Memphis : l'innocence
Y courait des risques, dit-on ;
Les maris tremblaient à ce nom.
« Sara, vous êtes jeune et belle,

Dit Abraham ; je crains pour vous.
Ces gens traitent de bagatelle
Ce qui désole un pauvre époux :
Toujours le bien d'autrui les tente.
A leurs yeux passez pour ma sœur,
Non pour ma femme ; cette erreur
Préviendra ce qui m'épouvante. »
Le bonhomme se trompait fort.
Des courtisans remplis de zèle
A leur maître firent d'abord
De Sara le portrait fidèle.
« Du frère que l'on prenne soin,
Dit-il ; bon lit et bonne chère.
Pour la sœur, il n'est pas besoin
D'un lit nouveau ; c'est mon affaire. »
A la nuit close près du roi
La belle se laissa conduire,
En disant : « Que veut-il de moi ?
Si tard !... à peine je respire. »
Aux prières elle eut recours ;
Par un baiser on la fit taire.
Un roi, quoi qu'il fasse, est toujours
L'image de Dieu sur la terre ;
Et puis Abraham l'a voulu,
Et sans doute il a tout prévu ;
Mieux qu'elle il sait ce qu'on doit faire.
C'est ainsi qu'elle raisonnait ;
Et sa docilité crédule
Prenait et rendait sans scrupule
Tout le plaisir qu'on lui donnait.
Mais voilà qu'un affreux tapage
Rompt le silence de la nuit :
Tous les vents soufflent avec rage ;
Sur les toits la grêle à grand bruit
Tombe et rebondit ; du nuage
Mille éclairs fendent l'épaisseur ;
On voit l'ange exterminateur,
Terrible, debout sur l'orage,
Lever son glaive destructeur.
Ses regards commandaient la crainte,
Et sur son front était empreinte
La menace du Dieu vengeur.
Il parle, et la frayeur augmente :
Voici ce que dit l'Eternel :
« J'aime Abraham : sa voix touchante
A percé la voûte du ciel.
Monarque injuste, écoute, et tremble.
Rends cette femme à son époux,
Et qu'un même lit les rassemble ;
Rends-la ; je suis le Dieu jaloux.
— J'ignorais qu'elle fût sa femme,
Dit le prince un peu sèchement :
S'il se plaint c'est injustement.
A cette épouse qu'il réclame,
Pourquoi donner le nom de sœur ?
Ce nom, que j'ai cru véritable,
Causa son prétendu malheur.
De sa feinte suis-je coupable ?
Je lui rends la jeune Sara ;
Je la rends innocente et pure ;
Le temps m'a manqué, je vous jure ;
Elle-même vous le dira... »
La belle trouva plus honnête
D'éviter l'explication,
Et de baisser un peu la tête
En signe d'approbation ;
Et quand sa main alla reprendre
Celle de son mari boudeur,
Elle tourna sur le menteur
Un œil reconnaissant et tendre.
Ils partirent le lendemain.
D'abord on garda le silence ;
Puis quelques mots sans conséquence
Sur le beau temps, sur le chemin :
Par degrés ce fâcheux nuage
S'éclaircit : au déclin du jour.
On sourit, on parla d'amour ;
Et depuis on fit bon ménage.
Un fils manquait à leur bonheur.
Du ciel ils avaient la promesse.
Pour l'accomplir, avec ardeur
Ils travaillaient ; et leur jeunesse
S'écoulait dans ce vain labeur.
Enfin l'épouse débonnaire
S'avisa d'un nouveau moyen,

Très simple et qui réussit bien.
« Dieu t'a promis le nom de père,
Dit-elle à son mari. — Cent fois !
— Mais il n'a pas borné ton choix ;
Il n'a point désigné la mère.
— Non. — Je le vois avec chagrin,
Le Seigneur a fermé mon sein,
Conclusit me : prends cette fille
Qui d'Égypte nous a suivis :
Elle est jeune, fraîche et gentille.
Agar te donnera des fils.
— Soit, essayons : mais de ma couche
Crois-tu qu'elle veuille approcher ?
Elle est sage, un rien l'effarouche.
— Moi-même je vais la chercher. »
Elle sort, instruit sa rivale,
Combat ses timides refus,
Et sur la couche nuptiale
Elle place ses charmes nus.
Leçon touchante pour les femmes !
L'hymen serait un paradis,
Si vous aviez souvent, mesdames,
Ces petits soins pour vos maris.

Ce sacrifice un peu pénible,
Mais assez fréquent dans la Bible,
Ne fut point perdu devant Dieu.
Il s'en souvint en temps et lieu.
Sara vieillit, sans plus attendre
Ce fils annoncé tant de fois,
Quatre-vingt-dix ans et trois mois
Courbaient sa tête : que prétendre
A cet âge avec un mari
Qui comptait un siècle accompli ?
Des morts réchauffe-t-on la cendre ?
Or, un jour que paisiblement
Ils causaient devant leurs cabanes,
Invisible pour les profanes,
Dieu leur apparaît brusquement.
Ils se prosternent et l'adorent.
« Béni soit mon maître et seigneur,
Qui visite son serviteur !
Dit Abraham. Nos vœux implorent
Une autre grâce : qu'en ce lieu
Il daigne s'arrêter un peu ;
Qu'assis sous ce toit de verdure,
Il permette à nos faibles mains
De verser sur ses pieds divins
Une eau rafraîchissante et pure. »
Jéhovah, comme vous savez,
Aux gens simples se communique :
Il s'assit sous un arbre antique ;
Et quand ses pieds furent lavés,
On servit le festin rustique,
Un pain blanc, du beurre et de l'eau,
Du lait qu'à l'instant même on tire,
Et pour dessert un jeune veau
Que sur des charbons on fit cuire.
Dieu dîna de bon appétit
Par complaisance, et puis il dit :
« Ce fils trop annoncé, peut-être,
Ce fils qui sera juste et bon,
Ce cher fils, eh bien ! il va naître.
D'Isaac qu'il porte le nom. »
A ces paroles, dans son âme,
Le bon homme rit et douta ;
Mais de son indiscrète femme
Le rire avec force éclata.
Dieu lui dit : « Apprends, téméraire,
Créature vaine et sans foi,
Que la raison doit, devant moi,
S'humilier, croire et se taire.
— Seigneur, que votre voix sévère
Daigne s'adoucir ; un enfant
Fait par nous ! le moyen d'y croire ?
J'ai perdu... jusqu'à la mémoire.
— Je me nomme le Tout-Puissant
— Nous sommes si vieux ! — Bagatelle.
— Une indigestion vient-elle
A femme qui ne mange pas ?
— L'appétit peut renaître. — Hélas !
Je le vois, avec sa servante.
Le Seigneur s'amuse et plaisante.
— Adieu ; dès demain tu croiras. »
Qu'avec raison l'on vous regrette.
Jours d'innocence, jours heureux !

Moins sédentaire dans les cieux,
Dieu visitait notre planète,
Et tout en allait beaucoup mieux.
Les anges parcouraient la terre,
Chargés de messages divins,
Et leur présence toujours chère
Servait de spectacle aux humains.
Grâce à leurs charmantes figures.
Chez des gens sans mœurs et sans lois
Il leur arrivait quelquefois
D'assez fâcheuses aventures.
Sodome paya cher l'affront
Que sa brutale impertinence
Imprima sur leur chaste front.
Le châtiment suivit l'offense.

LOTH ET SES FILLES

Le ciel avait vengé l'amour,
Sodome était réduit en poudre,
Et les derniers traits de la foudre
Tombaient sur cet affreux séjour.
Loth débarrassé de sa femme,
Fuyait gaiement ces tristes lieux,
Bénissant le ciel en son âme,
Et disant : « Tout est pour le mieux ! »
Ses filles, respirant à peine,
Près de lui viennent se ranger :
Leur frayeur survit au danger ;
Et vers la montagne prochaine
Tous trois courent d'un pied léger.
Un antre devient leur asile ;
Mais ce séjour n'a rien d'affreux.
Le rocher lentement distille
Une eau qui tombe exprès pour eux :
Cette eau qui descend goutte à goutte
Et semble se perdre en vapeurs,
S'unit, coule et marque sa route
Par un léger ruban de fleurs.
Planté par la sage nature,
Un large buisson de rosiers
Pouvait aux animaux guerriers
De l'antre cacher l'ouverture.
Des pampres chargés de raisins
Courent sur le roc et serpentent.
Au fruit coloré qu'ils présentent,
Déjà Loth a porté ses mains.
Tandis qu'il remplit sa corbeille,
Phéoné, tout bas à l'oreille,
Disait à la jeune Thamna :
« Eh bien ! qu'en penses-tu, ma chère ?
Adieu l'hymen, et nous voilà
Désormais seules sur la terre.
Notre sort est bien malheureux !
Plus de ressource. — Il n'en est guère.
— Pas un homme et nous sommes deux.
— Il en reste un. — C'est notre père,
C'est le seul, et ce mot dit tout.
La nécessité nous absout,
J'en conviens ; mais à la sagesse
Loth est fidèle : je ne crois pas
Que vers nous il fasse un seul pas.
— Peut-être. — Et quel moyen ? — L'ivresse. »
Pendant ce rapide entretien,
Dont le papa n'entendit rien,
Et qui colora leur visage,
La cadette, suivant l'usage,
Apprêtait le repas du soir.
C'était sur le nectar des treilles
Qu'elle fondait tout son espoir :
Elle en prépara deux bouteilles.
Le premier moment d'un soupé
Est donné toujours au silence ;
Puis un discours entrecoupé
Commence, tombe et recommence ;
L'esprit s'anime, et l'enjouement
Du dessert forme l'agrément.
Au dessert bientôt Loth arrive,
Et sa gaieté devient plus vive.
Ses filles, tout en l'écoutant,
Suivaient leur insolente idée ;
Sa coupe, à chaque instant vidée,
Se remplissait à chaque instant.
Par degrés sa langue affaiblie
Dans ses discours s'embarrassa.

Un dernier verre on lui versa
Et sa raison devint folie.
Si j'en crois de savants rabbins
Qui sur ce texte ont fait un livre,
Le bonhomme n'était pas ivre,
Mais seulement entre deux vins.
Thamna sourit, tourne la tête ;
Et pour ne pas troubler la fête,
Elle s'éloigne prudemment.
Assise dans l'enfoncement,
La jeune et maligne pucelle
Lorgnait du coin de la prunelle,
Et son cœur battait fortement.
La nuit survient, et la pauvrette
S'endort ne pouvant faire mieux.
Mais un songe capricieux
Tourmenta son âme inquiète.
Sous des ombrages parfumés,
Tout à coup elle est transportée :
Dans cette retraite enchantée,
Tout plaît à ses regards charmés.
La nature y paraît plus belle,
Le ciel plus pur et l'air plus doux.
Un amant tombe à ses genoux ;
Il est tendre, il sera fidèle.
Mais la scène a déjà changé :
Les vents, précurseurs de l'orage,
En sifflant, courbent le feuillage ;
De vapeurs le ciel est chargé ;
L'éclair a déchiré la nue :
Thamna s'enfuit ; avec fracas
La foudre, soudain descendue,
La suit et s'attache à ses pas.
Puis un souvenir pour sa mère,
Puis un retour vers ce jardin,
Vers ce bocage solitaire
Où l'amour lui tendait la main.
Puis à Sodome elle croit être :
« Viens, lui disait un jeune traître ;
Viens donc, mon bel ange. » A ce mot,
Elle se réveille en sursaut,
D'un tel songe encore étonnée,
Elle entend bientôt son aînée
Qui tout bas l'appelle : « Ma sœur !
— Eh bien ! que veux-tu ? — Prends ma place.
— A dire vrai, j'ai quelque peur.
— Le temps fuit, et l'ivresse passe. »
Du vin que l'on buvait alors
La vertu tenait du miracle,
Puisque Loth, sans beaucoup d'efforts,
Sut triompher d'un double obstacle ;
Et même on dit que le papa,
Rajeunissant dans la victoire,
Lestement décupla sa gloire.
On n'en fait plus de ces vins-là !
Il se réveille avec l'aurore,
Bien dégrisé, quoique un peu las.
Ses filles sommeillaient encore ;
Nul indice de leurs ébats.
Leur bon et respectable père
Les baise, non plus en amant ;
Et tous trois bien dévotement
S'agenouillent pour la prière.
C'est à regret que j'ai conté
Cette aventure un peu gaillarde.
Les saintes du jour, par mégarde,
La liront ; pour leur chasteté
Quelle image ! mais, quoi qu'on fasse,
Dans un livre tout n'est pas bon :
Ici du moins la Bible place
L'antidote après le poison.
De nos filles sois le modèle,
Toi qui fus belle et plus que belle,
Douce et touchante Rebecca :
Ton nom rappelle l'innocence,
Et toujours avec complaisance
Le Parnasse te chantera.

REBECCA

La nuit était déjà prochaine,
Quand le fidèle Jézahor
S'arrêta près d'une fontaine
Devant la ville de Nachor.
Une fille charmante arrive,

LES EXPLOITS DU PÈRE LOTH

Tenant une cruche à la main ;
Sa voix d'une chanson naïve
Repète le pieux refrain,
A son air on voit qu'elle est sage.
Elle s'approche : « Homme inconnu,
Dit-elle d'un ton ingénu,
La sueur mouille ton visage ;
Goûte la fraîcheur de ces eaux,
Et désaltère tes chameaux,
Fatigués par un long voyage. »
Son offre plaît à Jézahor ;
Dans la cruche il se désaltère ;
Puis la cruche s'emplit encor,
Et verse aux chameaux l'onde claire.
Elle reprend avec bouté :
« Le jour fuit dans l'obscurité ;
Tes pas vont s'égarer sans doute :
Prends chez nous l'hospitalité ;
Demain tu poursuivras ta route.
— Oui, j'entrerai dans ta maison.
Fille aimable, quel est ton nom ?
— Je suis Rebecca ; j'ai pour père
Le bon et juste Bathuel,
Neveu d'Abraham. — Jour prospère !
Rebecca, je bénis le ciel,
Le ciel qui dans ce lieu champêtre
A sans doute guidé mes pas.
Si l'espoir ne m'abuse pas,
Voilà l'épouse de mon maître. »
Dans la ville alors il la suit,
Et chez Bathuel introduit,
Il s'acquitte de son message.
Pour Isaac, il demanda
Une compagne jeune et sage,
La vertueuse Rebecca ;
Et le bon père l'accorda.
Elle partit avant l'aurore,
Le cœur tremblant et plein d'amour ;
Elle trembla durant le jour ;

Le soir elle tremblait encore ;
Et, voyant quelqu'un s'approcher,
Elle dit d'une voix timide :
« On vient à nous d'un pas rapide ;
Quel homme ainsi peut nous chercher ?
— Sans doute que l'amour le guide ;
Rassurez-vous. » Son cri subit
Remplaça le salut d'usage,
Et sa main pudique étendit
Un voile épais sur son visage.

DINA

Que ne puis-je toujours tracer
De pareils tableaux ! mais traduire,
C'est être esclave ; il faut tout dire ;
Sous vos yeux Dina doit passer.
Du bon Jacob c'était la fille,
Pucelle encore, et trop gentille
Pour conserver ce titre-là.
Un jour cette belle Dina,
Dans une vague rêverie,
Foulait les fleurs de la prairie,
Et des cabanes s'éloigna
Pensers de vierge, c'est-à-dire
Pensers d'amour, troublent son cœur.
Elle chante ou plutôt soupire
Ces mots où se peint la candeur :
« Je suis aussi fraîche que l'aube,
Aux regards en vain je dérobe
De mon sein le double trésor :
Toujours sa rondeur indocile
Repousse le voile inutile ;
Hélas ! et je suis vierge encor.
« La nature semble amoureuse.
Les troupeaux sur l'herbe poudreuse
A leurs désirs donnent l'essor ;
Des oiseaux le doux badinage
Agite à mes yeux le feuillage ;

Hélas ! et je suis vierge encor.
« Cette nuit... trop heureux mensonge !
Un ange m'apparut en songe,
Il rayonnait d'azur et d'or.
Sur son sein brûlant il me presse ;
Je me réveille dans l'ivresse !
Hélas ! et je suis vierge encor. »
Sa chanson finissait à peine,
Le roi de la cité prochaine
L'aperçoit, l'arrête, et lui dit :
« Partagez mon trône et mon lit. »
A ces mots il la traite en reine
Vainement dans ses bras nerveux
Se débat la faible bergère ;
Par un hasard involontaire
Cet effort l'enchaîne encor mieux
Que faire alors ? Dina vaincue
Pardonne à cet audacieux,
Et livre sa bouche ingénue
A ses baisers impérieux.
Soudain, par leur vive jeunesse,
Vers la jouissance emportés,
Tous deux des molles voluptés
Boivent la coupe enchanteresse.
Des bras de sa belle maîtresse
L'imprudent se dégage enfin ;
Son front est riant et serein,
Son âme nage dans l'ivresse ;
Et tandis qu'un nouveau désir
Déjà l'embrase et le dévore,
Sa victime soupire encore
Et de douleur et de plaisir.
Reine par le fait, pouvait-elle
Refuser d'en prendre le nom ?
Le sceptre lui plaisait, dit-on ;
Un sceptre plaît à toute belle.
Sichem dans son petit palais
Conduit son épouse nouvelle,
Et la présente à ses sujets.

Un d'entre eux lui dit : « Sans colère,
Daigne écouter ton serviteur,
De Dina Jacob est le père :
Ce puissant et riche pasteur
A douze fils ; jeunes et braves,
Ils peuvent, armant leurs esclaves,
Ravager nos fertiles champs :
Préviens ce danger — J'y consens.
Je veux plaire à celle que j'aime ;
Aux siens je veux offrir moi-même
Une alliance et des présents. »
Le lendemain d'assez bonne heure
Il va chercher dans sa demeure
L'honnête et vertueux vieillard,
Et lui dit : « Ta fille m'est chère,
Elle m'aime, deviens mon père,
Et de mes biens prends une part.
Que la paix rentre dans vos âmes.
Je suis juste, mon peuple est doux :
Pour vos fils nous avons des femmes,
Et pour vos filles des époux.
— Non, d'un hymen illégitime
Les plaisirs nous sont interdits,
Et des peuples incirconcis
L'alliance est pour nous un crime.
— Eh bien ! j'obéis à ta loi.
Au surperflu je ne tiens guères ;
Dès ce soir, mes sujets et moi,
Nous retrancherons ces misères.
— Fort bien ; par l'hymen confondus,
Alors nous ne formerons plus
Qu'un seul peuple, un peuple de frères. »
Jacob était sincère ; mais
Ses enfants secouaient la tête :
Au monarque ainsi qu'aux sujets
Ils préparaient une autre fête.
Le soir même on fit publier,
Et dans la ville on va crier
Un édit qui porte en substance
Que tous les mâles sur-le-champ
S'armeront d'un outil tranchant,
Et couperont   différence
Qui se trouve entre eux et Jacob ;
Signé : Sichem ; plus bas : Naob.
Le peuple s'étonne et murmure.
« La prodigue et sage nature
D'un superflu nous a fait don ;
Pourquoi s'en priver ? ma foi, non.
De son bien que le roi dispose ;
Mais du nôtre, c'est autre chose. »
Sichem harangue les mutins ;
De l'alliance qu'il ménage
Il leur démontre l'avantage,
Les profits nombreux et certains.
De forts poumons et des promesses,
Des menaces et des caresses,
Persuadent facilement.
A l'instant chaque Sichémite
Se transforme en Israélite,
Et puis se couche tristement.
Ils sommeillaient, ces pauvres diables,
Lorsque les fils impitoyables
Du bon Jacob, et leurs cousins,
Et leurs amis, et tout leur monde,
Du manteau de la nuit profonde
Couvrant leurs perfides desseins,
Entrent dans la ville : A leur tête
J'aperçois Ruben ; Il s'arrête,
Se tourne et dit : « Partageons-nous ;
Séparément portons nos coups.
Ces gens, auxquels je m'intéresse,
Malades sont, guérissons-les,
Mais pour toujours ; point de faiblesse
Moi, je me charge du palais. »
Dans la ville aussitôt les traîtres
S'élancent ; à leurs cris affreux
Se mêlent des cris douloureux.
On brise portes et fenêtres ;
On entre, on tue, et puis l'on sort ;
On entre ailleurs, et l'on assomme ;
Et sans excepter un seul homme,
De tout malade on fit un mort.
La nuit avait vu le carnage ;
Le jour éclaira le pillage ;
Il fut complet ; et les vainqueurs,

Chargés de dépouilles sanglantes,
Polluent aux veuves tremblantes
S'offrirent pour consolateurs.
Du hameau l'on reprit la route.
Le pauvre Sichem n'était plus.
Dina, baissant des yeux confus,
Soupirait ; et la Bible doute
Si c'était regret ou plaisir
D'être vengée ; on peut choisir.

RUBEN ET BALA

Ce monsieur Ruben si sévère,
Et si chatouilleux pour Dina
Convoitait la jeune Bala,
Concubine de son vieux père.
Au pied d'un oranger en fleurs,
Etendu sur un lit de mousse,
Un jour d'une voix lente et douce
Il chantait ainsi ses douleurs :
« C'en est fait, j'ai cessé de plaire ;
Bala m'a retiré son cœur ;
Elle m'a dit : fuis, téméraire.
Et c'est l'arrêt de mon malheur
« Adieu, touchante rêverie ;
Adieu, riant et frais séjour ;
Adieu le printemps et la vie ;
Adieu tout, puisque adieu l'amour.
« Trop d'audace a causé ma perte
J'ai vu son sourire enchanteur,
J'ai baisé sa bouche entr'ouverte,
Et j'ai cru baiser une fleur.
« Adieu, touchante rêverie ;
Adieu, riant et frais séjour ;
Adieu le printemps et la vie ;
Adieu tout, puisque adieu l'amour.
« Malgré le courroux qui l'anime,
Je ne saurais me repentir ;
Et du baiser qui fait mon crime
J'aime encore le souvenir.
« Adieu, touchante rêverie ;
Adieu, riant et frais séjour ;
Adieu le printemps et la vie ;
Adieu tout, puisque adieu l'amour. »
Tandis que sa plainte si tendre
Eveille l'écho de ces lieux,
Un bruit léger se fait entendre,
Deux mains viennent fermer ses yeux,
Une bouche effleure la sienne,
Et dit : — Demeure en ce séjour ;
Bala pardonne et te ramène
Le printemps, la vie et l'amour. »
Toujours le pardon autorise
D'autres larcins : en ce moment
Sur l'arbre qui le favorise
Le vent passe rapidement ;
Les branches aussitôt penchées
Forment un dais voluptueux,
Et les fleurs qu'il a détachées
Pleuvent sur le couple amoureux.
Combien notre Bible est naïve !
Siècle présent, siècle immoral,
De la simplesse primitive
Et de l'âge patriarchal
Lis du moins l'histoire instructive :
On y viole assez souvent ;
Souvent on s'y permet l'inceste ;
Mais l'acte le plus immodeste
Y prend un air presque décent.

ONAN

Judas voyait sa bru gentille,
Veuve trop tôt et sans famille,
Se dessécher comme une fleur
Que néglige le laboureur.
Il dit au second de ses fils :
« Pour mettre à profit sa jeunesse,
Et pour égayer sa tristesse,
Vole chez Thamar, obéis.
Thamar est fraîche encore, et belle ;
Aime-la, fais-lui des enfants
Qui l'honorent dans ses vieux ans,
Et qui puissent hériter d'elle. »
Mais Onan, dont l'avidité

Sur l'héritage avait compté,
N'obéit point ; sa fantaisie
S'avisa d'un autre moyen.
Il trouva la veuve jolie,
Et l'aimait quoiqu'il n'en dit rien
Il épousa donc son image ;
Et, l'ornant de nouveaux appas,
Il lui prodiguait un hommage
Qu'elle-même n'obtenait pas.
Dieu le vit, et dit ces paroles :
« Mes regards ne sauraient souffrir
Ce ridicule et sot plaisir,
Qui sera celui des écoles.
Que ce nigaud meure ! » Il est mort.
Thamar n'en fut pas plus heureuse.
Sa jeunesse encor scrupuleuse
Du veuvage s'ennuyait fort.
« Bannis un souvenir funeste,
Lui dit Judas ; un fils me reste :
L'usage établi parmi nous
Veut qu'un jour il soit ton époux.
L'affreuse mort dans ta demeure
Frappa ses aînés ; je les pleure,
Mais je suis juste : quand Séla,
Dont l'enfance finit à peine,
Dans la jeunesse avancera,
Sa main demandera la tienne,
Et ma bouche vous bénira.
Va donc attendre chez ton père
Ce jour heureux ; sans doute ailleurs
Ton chagrin pourra se distraire.
Ici tout nourrit tes douleurs. »
Thamar à sa voix fut docile :
Elle partit le lendemain ;
Et dans le village voisin
Vécut solitaire et tranquille.

SÉLA ET ADA

Séla grandissait : sous ses yeux
Croissait une esclave jolie,
Que dès l'enfance il a chérie,
Et qui partage tous ses jeux.
Ce sont les jeux de l'innocence :
Mais depuis l'aube jusqu'au soir
Ils se cherchaient, sans le savoir ;
En se quittant, de se revoir
Chacun emportait l'assurance ;
Et, plus tendre de jour en jour,
Leur amitié devint amour.
Tous deux l'ignoraient. Sans mystère
La fidèle et charmante Ada
Aux champs accompagnait Séla,
Et lui donnait le nom de frère.
Ce frère, des désirs naissants,
Eprouvait la vive piqûre ;
Sans les éclairer, la nature
Eveillait son âme et ses sens.
Cette fièvre est contagieuse.
Le couple malade et surpris
Se plaint d'une voix amoureuse,
Aux plaintes succèdent les ris ;
Les ris font place à la tristesse ;
Pour se distraire, avec vitesse
On court sur le gazon touffu ;
On s'arrête, et l'on parle encore
De ce mal toujours inconnu,
Et du remède qu'on ignore.
« Mon frère, d'un esprit malin
Ce que nous sentons est l'ouvrage.
Que faire ? — Donne-moi ta main ;
Pour un moment cela soulage.
— Touche mon cœur. — Ah ! comme il bat !
On a jeté sur nous un charme.
Tes yeux pétillent ; cet éclat
N'est pas naturel et m'alarme.
— Les tiens brillent du même feu.
Presse mon front, ma sœur. — Ah ! Dieu !
Quelle chaleur !... le baiser même
N'y peut rien ; ma crainte est extrême.
J'imagine... Attends un moment.
Ma guirlande, qu'heureusement
Dans un lieu frais j'ai déposée,
Humide encore de rosée,
Rafraîchira ton front brûlant. »
Pour éteindre ce feu rebelle,

Qu'ils attisaient sans le vouloir,
Dans la même onde chaque soir
Ils se baignent; façon nouvelle
De chasser l'importun désir.
Innocents et nus, sans rougir
Ils entrent dans cette eau limpide
Rien n'échappe au regard avide;
Tout s'offre au baiser amoureux;
Et de ce bain voluptueux
On devine l'effet rapide.
De l'onde ils sortent plus épris,
Sans projet, sur ces bords fleuris
Ils se couchent dans l'herbe épaisse,
Qui les recouvre et les caresse.
Voilà leurs bras entrelacés,
L'un contre l'autre ils sont pressés,
De volupté chacun soupire,
Chacun, d'ivresse consumé,
Avec avidité respire
L'haleine de l'objet aimé.
« O mon frère ! ce mal dessèche
Ta bouche auparavant si fraîche. »
La tendre Ada parlait ainsi,.
Et soudain ses lèvres charmantes,
Ses longs baisers, de son ami
Humectent les lèvres brûlantes.

SÉLA ET THAMAR

Cependant du toit paternel
Thamar se lassait, sans le dire.
Après l'hymen elle soupire.
Chaque matin sa bouche au ciel
Fait cette prière naïve :
« A mes vingt ans n'ajoute rien.
Mais de Séla tu devrais bien
Hâter la jeunesse tardive. »
Un jour que seule dans les champs
En rêvant elle se promène,
Et de loin lorgne les passants,
Un berger traverse la plaine.
« C'est lui, dit la veuve tout bas,
Lui-même : quel dessein le guide ? »
Le jeune homme d'un air timide
L'aborde : « Ne t'offense pas :
Tourne sur moi des yeux propices.
Quelle est la femme dans ces lieux
Dont le savoir mystérieux
Chasse, dit-on, les maléfices ?
— Mes traits te sont donc inconnus ?
— Oui, je n'ai nulle souvenance...
— Qu'entre nous l'amitié commence.
Fils de Judas, ne cherche plus
Cette femme que Dieu protège;
Tu, la vois. — Eh bien ! oserai-je,
De vous, attendre un entretien ?
— J'écoute, parle, et n'omets rien. »
Longuement alors il explique
La fièvre étrange et sympathique
Qui le tourmente, ses progrès,
Et la nature, et l'insuccès
Des remèdes qu'il imagine.
Le lecteur aisément devine
De Thamar le dépit jaloux.
Mais à quoi bon un vain courroux ?
Il vaut mieux, en femme prudente,
Saisir l'occasion présente
Toujours si prompte à s'échapper,
Et sur l'hymen anticiper.
Thamar à la raison docile
Réplique donc en souriant :
« Ce mal-là n'a rien d'effrayant,
Et le remède en est facile.
Mais ici passent les bergers;
Et l'ombre la plus solitaire
A mes leçons est nécessaire.
Suis-moi dans ce bois d'orangers. »
Dans lé bois donc ils disparaissent.
Un vert tapis s'offre à propos
Sous la voûte des longs rameaux
Qui s'entrelacent et se pressent.
« De ce lieu j'aime la fraîcheur,
Dit Thamar; vive est la chaleur,
Et nous avons marché bien vite. »
Sur l'herbe elle se précipite.

Aussitôt son adroite main
Entr'ouvre sa blanche tunique,
Moins blanche que son joli sein ;
Puis d'un ton grave et prophétique :
« Les paroles, mon jeune ami,
N'instruisent jamais qu'à demi.
De ta guérison je suis sûre ;
Mais je ne saurai l'achever
Sans connaître, sans éprouver
Les remèdes que la nature
Te suggéra jusqu'à présent
Contre un mal toujours renaissant,
— A mes côtés Ada se place.
— Ensuite ? — Ensuite je l'embrasse;
Et, lui donnant le nom de sœur,
Je la presse ainsi sur mon cœur.
— Fort bien ; mais Ada que fait-elle ?
— Beaucoup ; compatissante et belle,
Ada me serre également.
— Comme cela ? — Plus fortement.
— Après ? — Après, dans l'herbe haute
Nous voilà couchés — Côte à côte ?
— Sans doute. — Alors que faites vous ?
— L'embrassement devient plus doux ;
Cette fièvre qui nous agite
Redouble; notre cœur palpite;
Notre bonheur est douloureux.
— Oh! vraiment je vous plains tous deux,
— Dans nos veines le feu circule,
Ce feu qui lentement nous brûle,
Et qui nous glace quelquefois,
Résiste au baiser. — Je le crois.
Et ce baiser est-il bien tendre ?
— Jugez vous-même, le voici.
— Cher Séla, ce n'est pas ainsi
Qu'il faut le donner et le rendre.
— Comment donc? — Retiens ma leçon..
— Oui, charmante est cette façon.
— Encore. — Volontiers. — Encore.
— J'y consens. — Funeste bienfait!
Du mal secret qui me dévore,
De nouveau j'éprouve l'effet.
— Il s'apaisera, je l'espère.
— Eh bien! dites, que faut-il faire?... »
Un silence plein de douceur
Suivit cet entretien rapide.
C'est un repos pour le conteur;
Et mon intelligent lecteur
Aisément suppléera ce vide...
Séla recouvre enfin la voix
Et veut s'instruire une autre fois.
A lui permis; mais le poète,
Jugé toujours sévèrement,
Ne doit pas imiter l'amant
Qui recommence et se répète.
Du remède bien assuré,
Il quitte enfin son joli maître.
« De mon absence Ada, peut-être,
Plus d'une fois a soupiré,
Disait-il. Elle va connaître. »
Doux moment! Me voici, ma sœur,
Et je t'apporte le bonheur. »
« De celle qu'il croyait heureuse,
Combien la plainte douloureuse
L'étonna ! Plus qu'elle il pleurait.
« Chère Ada, pardonne à ton frère,
Pardonne : une femme étrangère
M'a guéri; de son doux secret
J'irai m'instruire davantage;
Ton bonheur sera mon ouvrage. »
Il ne voit pas, le lendemain,
Cette femme dont l'art divin
En plaisir sait changer la peine.
Déjà dans une attente vaine
Trois jours, trois siècles sont passés;
L'impatience le dévore,
Le quatrième il cherche encore,
Et voilà ses vœux exaucés,
Sans feinte, et non pas sans murmure,
Il conte sa mésaventure
A la friponne qui sourit;
Puis d'un ton plus doux, il lui dit :
« Vous êtes si bonne et si belle!
De grâce, une leçon nouvelle. »
Pour réponse, dans les sillons

Que dorent les riches moissons,
D'un pas rapide elle s'avance.
Le jeune homme suit en silence
Au milieu du champ parvenus,
La hauteur de ces blés touffus
Laisse à peine entrevoir leur tête.
Alors l'heureux couple s'arrête,
Partout promène un œil discret,
Sourit, se baisse, et... disparaît.
Soudain sur la moisson mobile
S'élève un souffle caressant,
Qui balance et courbe en glissant
Des épis la cime docile.
Un temps assez long s'écoula :
Mais enfin l'aimable Séla
Reparaît, et Thamar ensuite.
L'écolier mieux instruit la quitte.
Des blés à pas lents elle sort :
Pour s'y rendre elle allait plus vite.
Pour vous, la belle, je crains fort
Du passant l'œil et la critique.
Comment voulez-vous qu'il explique
Ces yeux languissamment baissés,
A vos talons cette poussière,
Ces vêtements un peu froissés
Qui, sur l'herbe longtemps pressés,
Ont pris sa couleur étrangère,
Et ces brins de paille légère
A vos cheveux entrelacés ?
   Séla, par elle plus habile,
Courut vers la docile Ada,
Qui de ses leçons profita.
Cette étude est douce et facile.
Judas des prétendus amis
Sait les amours et les tolère.
Un tel passe-temps à son fils
Rendait l'hymen peu nécessaire;
Et c'est l'hymen qu'il redoutait.
Vainement Thamar y comptait;
En vain Séla croissait en âge;
Pas un seul mot du mariage.
« Thamar, déjà veuve deux fois,
Pourrait bien l'être une troisième,
Disait le père; elle a des droits;
Mais je crains pour un fils que j'aime. »

THAMAR ET JUDAS

Un jour à Thamar on apprit
Que Judas, pour un court voyage,
S'éloignant du toit qu'il chérit,
Allait passer près du village.
Elle quitte alors promptement
Du veuvage le vêtement;
D'herbe et de fleurs elle couronne
L'ébène de ses longs cheveux,
Entoure d'anneaux précieux
Ses bras et sa jambe mignonne,
Découvre un des globes de lis
Que voile l'usage sévère,
Et prend la tunique légère
Des courtisanes de Memphis.
Une heure à peine est écoulée,
Descendant du coteau voisin,
Le beau-père sur le chemin
Rencontre une femme voilée.
« Son maintien gracieux et doux
Me plaît, dit-il; sa taille est fine,
Ses mains blanches comme l'hermine,
Retombent sur ses deux genoux.
Abordons-la... Belle inconnue,
Qu'un sort propice offre à ma vue,
Que le Seigneur soit avec vous!
Malgré le voile qui vous cache,
Vos attraits ont touché mon cœur:
Voulez-vous que ma main détache
La ceinture de la pudeur ? »
— Je ne suis point femme publique.
Mais celui qu'un usage antique
Rend l'arbitre de mes destins
Semble m'oublier. — Je vous plains.
— Malgré mes droits, il me refuse
Un époux. — Prenez un amant.
Son injustice est votre excuse.
— Le puis-je? parlez franchement.

— Sans doute ; et de la circonstance
Vous devez même profiter.
Ces blés qu'un souffle ami balance
Au plaisir semblent inviter.
— Il est vrai ; mais pour récompense
Qu'obtiendrai-je ? — Un jeune chevreau,
Que chez vous je ferai conduire.
— Au traité je veux bien souscrire,
Si pour garant j'ai votre anneau.
Sur l'avenir qu'il me rassure.
— Je vous le donne ; mais pourquoi
Joignez-vous à cette parure
Ce voile jaloux ? — Jurez-moi
De le respecter. — Je le jure. •
   Le soir même le bon Judas
Dit à son esclave fidèle :
• Écoute ; et prouve-moi ton zèle.
Dans le troupeau tu choisiras
Un chevreau, qu'il te faut conduire
Discrètement et sans mot dire
Au village qu'on voit là-bas.
Dans ce lieu cherche la demeure
D'une femme qui ce matin,
Assise sur le grand chemin,
Avec moi s'entretint une heure.
En échange de ce chevreau
Elle te rendra mon anneau. •
   L'esclave, malgré son adresse,
De la femme ignorant le nom,
Ne put remplir sa mission.
Avec constance, avec tristesse,
De porte en porte promenant
L'animal craintif et bêlant,
A tous les passants il s'adresse :
Et les passants répondaient tous :
• Cherche ailleurs cette courtisane,
L'homme au chevreau ! fille profane
Jamais n'habita parmi nous. •
   Mais bientôt du même village
Il reçoit ce triste message :
• Thamar a blessé ton honneur ;
Et de sa taille la rondeur
Décèle un honteux adultère.
Prononce, et dis ce qu'il faut faire ?
— Il faut obéir à la loi.
Qu'elle paraisse devant moi. •
   On va la chercher, on l'entraîne,
Ses mains mignonnes on enchaîne,
Et la voilà devant Judas.
Son visage est baigné de larmes ;
Et chacun regrette ses charmes
Déjà condamnés au trépas.
• Ô fille, autrefois si chérie !
Quel est l'infâme séducteur
Qui cause aujourd'hui mon malheur,
Qui t'arrache aujourd'hui la vie ?
— Voici l'anneau qu'il m'a donné.
— Que vois-je ! père infortuné !
Je suis seul injuste et coupable.
Tu vivras, fille trop aimable,
Mais le ciel sans doute est fâché,
Thamar, implorons sa clémence.
Ensemble nous avons péché,
Faisons ensemble pénitence. •
   Lecteur, tu souris à ce trait ;
Mais du patriarche indiscret
Que l'exemple au moins te profite :
Si tu vois gentilles catins
Assises sur les grands chemins,
Tourne la tête, passe vite,
Et redoute les blés voisins.

JOSEPH ET NITÉFLIS

Judas avait un jeune frère
Qui déjà croissait en vertus :
Peut-être ses vœux ingénus
Du ciel fléchirent la colère.
Joseph, esclave dans Memphis ;
A l'amoureuse Nitéflis
Innocemment avait su plaire.
Lui seul à son gré la servait ;
Sans humeur et sans négligence,
Lui seul avec intelligence
A ses ordres obéissait ;

Lui seul de sa chambre approchait.
A chaque instant sa voix l'appelle ;
A chaque instant Joseph est là ;
• Faites ceci, faites cela. •
Et toujours louange nouvelle.
Un soir, dans son appartement,
Cet esclave attentif et sage
Allait, venait, et proprement
Rangeait tout selon son usage :
• Joseph, dit-elle, en ce moment
Nous pouvons être heureux sans crainte :
Je suis seule ; plus de contrainte,
Et jouis des droits d'un amant. •
Ainsi parlant elle se couche
Sur des coussins voluptueux ;
Le désir humecte ses yeux
Et le baiser vient sur sa bouche ;
Son sein tout à coup dévoilé
S'enfle, et palpite avec vitesse,
Et sa main cherche avec mollesse
La main de l'esclave troublé.
• Je ne suis point perfide et traître,
Lui dit Joseph : n'attendez rien.
Je serai fidèle à mon maître,
A votre bienfaiteur, au mien.
— Nos plaisirs seront un mystère
Impénétrable à mon époux.
— Rien n'échappe au Dieu de mon père ;
Ses regards sont fixés sur nous. •
Alors sur l'esclave modeste
Nitéflis veut porter la main ;
Entre ses bras le manteau reste,
Et Joseph disparaît soudain.
   Il eut raison, car Dieu lui-même
Disait aux enfants d'Israël :
• De l'étrangère qui vous aime
Fuyez le baiser criminel. •

ZAMBRI ET COZBI

Non loin d'une ville parjure
Où l'on adorait Belphégor,
Une source qu'on voit encor
Donnait une onde fraîche et pure
Qui roulait sur un sable d'or,
Le thym et la fraise sauvage
Se disputaient ses bords aimés,
Et des orangers parfumés
La protégeaient de leur feuillage.
C'était là qu'au déclin du jour
On voyait les jeunes pucelles
Puiser ensemble ou tour à tour
L'eau qui coulait exprès pour elles.
Un soir le curieux Zambri
Contemplait leur troupe folâtre
Courant sur le gazon fleuri.
La beauté plaît, quoique idolâtre.
De l'Hébreu les sens sont émus.
A ce jeune essaim d'infidèles
Il trouve des grâces nouvelles ;
Des traits jusqu'alors inconnus,
Toujours la nouveauté nous tente.
Une, entre autres, vive et piquante
S'approche, une cruche à la main,
Et sur l'étranger qui l'admire
Elle jette un regard malin
Qu'accompagne un malin sourire.
Un second coup d'œil l'enhardit.
L'imprudent l'aborde avec grâce,
Saisit la cruche, la remplit,
Et sur sa tête la replace.
Par un salut il est payé ;
Puis Cozbi rejoint ses amies ;
Et déjà des vertes prairies
Elle avait franchi la moitié :
Alors elle tourne la tête.
Des yeux son amant la suivait,
De la main il la rappelait.
La friponne aussitôt s'arrête,
Laisse tomber sa cruche, et dit,
En feignant un léger dépit :
• Maladroite ! de la fontaine
Faut-il reprendre le chemin ?
Oui, sans doute ; c'est double peine ;
Mais ce vase doit être plein. •

Elle revient d'un pas rapide :
Zambri la reçoit dans ses bras,
Et presse d'une bouche avide
Ses charmes nus et délicats.
• J'entends du bruit, dit-elle, écoute.
— Ne crains rien, ce sont des oiseaux,
Ils s'aiment, se cherchent sans doute,
Et se trouvent sur les rameaux.
Faisons comme eux, et mieux encore.
Que tes regards sont enchanteurs !
Viens, et couche-toi sur les fleurs ;
Le feu du désir me dévore.
— Dieu ! Je tremble à ce bruit nouveau.
— C'est l'orange mûre et dorée,
Qui de sa tige séparée
Tombe et flotte sur le ruisseau.
Sois tranquille en ce lieu ; personne
Ne troublera notre bonheur.
— Eh bien ! presse-moi sur ton cœur ;
A tes baisers je m'abandonne. •
   Le ciel, qu'irritaient leurs transports,
Charge Phinès de les surprendre.
Il vient, frappe, et ce couple tendre
S'aime encor, dit-on, chez les morts.
   Que l'erreur à l'homme est facile !
Que son œil est louche et débile !
Combien ses principes sont faux !
Devrait-il à son ignorance
Joindre encore l'impertinence
Qui juge et tranche à tout propos !
Caïn assassine son frère ;
De ses filles Loth est l'amant ;
Avec adresse à son beau-père
Thamar escamote un enfant ;
Ruben séduit sa belle-mère ;
Voilà, disons-nous ici-bas,
Des forfaits ; gare le tonnerre !
Mais Dieu, qui s'y connaît, j'espère,
Les voit, et ne sourcille pas
Toucher fille madianite,
Et baiser sa gorge proscrite,
A nos yeux trompés c'est un jeu ;
Aux yeux du Seigneur c'est un crime
Digne de l'infernal abîme.
Ne baisons rien, et touchons peu.
Peut-être David en son âme
Avait calculé tout cela,
Lorsque sans crainte il immola
Le mari dont il prit la femme.
Bethsabée entrait dans le bain
Sans soupçons et tout à fait nue ;
Sur elle du palais voisin
Le roi laisse tomber sa vue.
• Quelle est, dit-il aux courtisans,
Cette femme brune et jolie
Dont l'aspect a troublé mes sens ?
— C'est l'épouse du brave Urie.
Urie en fidèle soldat
De Joab a suivi l'armée ;
Ici son épouse alarmée
Attend le succès du combat.
— Je la vois toujours plus charmante,
Je veux par un mot d'entretien
Rassurer son âme tremblante ;
Qu'elle vienne et ne craigne rien. •
   C'est en rougissant qu'elle arrive.
Le tête-à-tête dure peu ;
Mais en s'éloignant de ce lieu,
Sa rougeur est encor plus vive.
Le prince à Joab écrivit,
De sa main il voulut écrire ;
Et bientôt Joab répondit :
• En ce moment Urie expire. •
   David bien et dûment prêché
Par un docteur plein de sagesse
Pleura quelque temps son péché,
Mais garda toujours sa maîtresse.

AMNON ET ZAMAR

Son fils alors, le jeune Amnon,
Brûla d'une coupable flamme.
Il voulait au fond de son âme
Cacher sa folle passion.
• Ô penchant terrible et funeste !

Disait-il ; Zamar, ô ma sœur !
O doux nom qui fait mon malheur !
Lien sacré que je déteste !
Empoisonné par les remords,
Cet amour est illégitime,
Je le sais ; et l'aspect du crime
Semble ajouter à mes transports. »
Il veut combattre ; vaine attente !
De cet objet victorieux
L'image revient sous ses yeux
Toujours plus belle et plus puissante.
Frappé d'une juste terreur,
Il a fui ; mais Zamar absente
Brûle ses sens, remplit son cœur ;
Il la nomme dans son délire,
La nomme, lui parle et l'entend ;
Il la repousse à chaque instant ;
Et dans l'air même il la respire.
Tantôt sur le bord des ruisseaux,
Couché dans l'herbe fleurissante,
De ses pleurs il grossit leurs flots,
Et la voix seule des échos
Répond à sa plainte touchante.
Quelquefois sa douleur s'aigrit ;
Alors sur des rochers arides
Il promène ses pas rapides
Auprès du torrent qui mugit ;
Alors des moissons et des plaines
Il hait le spectacle riant,
Et parcourt des forêts lointaines
Où règne un silence effrayant.
Dans un délire involontaire
Ainsi s'écoule tout le jour ;
Faible enfin, épuisé d'amour,
Il cherche son lit solitaire :
Mais l'amour encor l'y poursuit ;
Ses larmes coulent dans la nuit,
Ou, si quelquefois il sommeille,
Ce repos même est sans douceur
Un songe lui rend les erreurs
Et les souffrances de la veille.
    Amnon cède enfin au transport
Qui l'entraîne vers ce qu'il aime.
« O Zamar ! c'est toi, c'est toi-même,
Qui dans mon cœur a mis la mort.
J'en jure par le Dieu terrible.
J'ai résisté, j'ai combattu ;
Mais dans ce combat si pénible,
O ma sœur ! l'amour a vaincu.
Ce mot seul cause tes alarmes.
Va, mon cœur est fait pour t'aimer,
Mes yeux pour contempler tes charmes.
Le monde ose en vain me blâmer.
Suis ces deux ruisseaux dans leur source,
D'abord ils coulent séparés ;
Puis un même lit les rassemble,
Et leurs flots vont se perdre ensemble
Sous des ombrages ignorés.
Prenons ces oiseaux pour modèles :
Le même nid fut leur berceau ;
Et déjà le même rameau
Les voit amoureux et fidèles.
Abel fut aimé de sa sœur,
Et Dieu sourit à leur bonheur.
Ce Dieu qui voit couler nos larmes
N'est pas aujourd'hui plus cruel :
Je suis plus sensible qu'Abel,
Et Thirza n'avait pas tes charmes. »
Zamar ne lui répondait pas ;
Sa résistance est incertaine ;
Tremblante elle refuse à peine,
Et fuit à regret de ses bras.
    Cependant la noire tristesse
D'Amnon flétrissait les beaux jours
Il rejetait les vains secours
Que l'art offrait à sa faiblesse.
« Du tombeau si l'on veut m'ôter,
Dit-il, que Zamar se présente
Avec la liqueur bienfaisante
Qu'elle seule sait apprêter. »
Zamar lui porte le breuvage,
Il la voit, détourne les yeux,
Et baise un front silencieux ;
Des larmes baignent son visage ;
Un long soupir sort de son cœur ;

Il avance une main brûlante,
Reçoit la coupe, et de sa sœur
Il a touché la main tremblante.
La coupe échappe de leurs doigts :
Ils frissonnent, Amnon succombe,
Et Zamar sans force et sans voix
Tombe, se relève, et retombe.
    Pauvres humains ! de vos erreurs
L'inconstance est souvent extrême ;
Et souvent aussi les pécheurs
Sont punis par le péché même.
Tout à coup dans le cœur d'Amnon
Dieu mit le remords et la honte,
Et du dégoût le froid poison.
Faut-il que ma muse raconte
Ce trait affreux ? « Sors, laisse-moi,
Cria-t-il ; fuis un misérable,
Fuis donc ; dans mon âme coupable
Ta présence répand l'effroi.
Va gémir et pleurer ta gloire ;
Et du bonheur empoisonné
Que ta faiblesse m'a donné
Périsse à jamais la mémoire ! »
Zamar lui répond en pleurant :
« Quels mots sont sortis de ta bouche !
Ton premier crime fut bien grand ;
Mais, crois-moi, quand ton bras farouche
Ose me chasser, tu commets
Le plus noir de tous les forfaits. »
    A ces mots elle se retire,
Ses pas incertains s'égaraient.
Dans sa douleur elle déchire
Les vêtements qui la couvraient ;
De cendre elle souille sa tête,
Meurtrit l'albâtre de son sein,
Veut parler, rougit et s'arrête,
Sur ses beaux yeux porte sa main,
Rougit encore, et parle enfin :
    « Le deuil doit être ma parure.
Pourquoi ce riche vêtement ?
Pourquoi cette blanche ceinture,
Qui des vierges est l'ornement ?
    « Hélas ! de la robe royale
Il est flétri l'antique honneur ;
De la tunique virginale
Un crime a souillé la blancheur.
    « Barbare, tu causas ce crime ;
Etait-ce à toi de m'en punir ?
De ton amour je fus victime ;
De ta haine il faudra mourir.
    « Haïr est un supplice encore.
Moins à plaindre dans mon malheur.
Je te pardonne, et je n'implore
D'autre vengeance que ton cœur. »
    Mais la vengeance fut affreuse,
Puisqu'Absalon dans sa fureur
Immola son frère à sa sœur,
A sa sœur, qui, plus malheureuse
Après cet outrage nouveau,
Suivit le coupable au tombeau.
    Dans cette aventure cruelle,
De David l'âme paternelle
Connut la douleur et l'effroi.
Mais de ses peines la plus dure,
Fut de vieillir. Un prince, un roi
Devrait-il donc de la nature
Comme un autre subir la loi ?
C'est vainement que Son Altesse
Avalait, aux yeux d'un docteur,
Ces vins dont l'heureuse chaleur
Dans les sens porte la jeunesse ;
En vain d'une fourrure épaisse
On tient ses vieux membres couverts ;
Glacé par quatre-vingts hivers,
De froid il grelotait sans cesse.
« Il faut, dit l'un des courtisans,
Chercher, trouver une pucelle,
Pucelle vraiment, fraîche et belle,
Et qui joigne à cela seize ans ;
De plus qu'elle soit caressante.
De Sa Majesté complaisante
La couche elle partagera,
Et sur son sein l'échauffera. »

DAVID ET ABISAG

Ce nouvel avis parut sage ;
Mais longtemps il fallut chercher.
Enfin, dans un petit village
On trouva l'heureux pucelage
Qui près du roi devait coucher.
On reconnut son existence ;
D'Abisag il portait le nom.
Un jeune berger du canton
Le pourchassait avec constance :
Après trois mois de résistance,
Il chancelait dans ses refus ;
Un jour encore, il n'était plus.
    La vanité souvent l'emporte
Sur l'amour, même féminin.
La belle hésita, mais enfin,
L'ambition fut la plus forte.
Jézahel tombe à ses genoux,
Et d'un air suppliant et doux :
    « Ton cœur a connu la tendresse
Peut-il oublier sans retour
Et ma constance et la promesse
Que ta bouche fit à l'amour ?
    « Tu trouvais tout dans cet asile,
Des bois, des ruisseaux, un beau jour,
Des bêtes, un bonheur tranquille,
Et les hommages de l'amour.
    « Tu me quittes ; et moi, cruelle,
Je garderai dans ce séjour
Le souvenir d'une infidèle,
Et les tourments de mon amour.
    « Tu vas chercher un diadème.
Pars, mais tu pourras à ton tour
Regretter, sur le trône même,
Le baiser que donne l'amour. »
    Abisag d'une voix émue :
« N'obscurcis point par le chagrin
L'horizon brillant et serein
Qui se découvre à notre vue.
Je tiendrai ce que j'ai promis.
Au roi l'amour n'est plus permis.
Pour lui ce nouvel hyménée
N'est qu'un remède seulement.
De la bergère couronnée
En secret tu seras l'amant.
Je te vois déjà capitaine,
Puis colonel, puis général,
Fidèle et né pour la victoire,
Vers le plaisir et vers la gloire
Tu marcheras d'un pas égal.
Par Jézahel sera cueillie
Cette rose qu'il croit jolie,
Et qu'il faut porter à la cour ;
Je la réserve à sa tendresse ;
Et pour gage mon cœur lui laisse,
Un baiser que donne l'amour. »
    Elle joignait à la jeunesse
Beaucoup d'attraits, quelque finesse,
Un naïf et doux entretien :
Du prince elle échauffa la glace,
Mais sans la fondre ; il dormit bien,
A son épouse rendit grâce,
Et de la rose ne dit rien.
    Mais au bout d'un mois, cette rose,
Qui trouvait qu'au bandeau royal
Il manquait encor quelque chose,
Voulut, sans en dire la cause,
Visiter son hameau natal.
A sa réchauffeuse jolie
David ne disait jamais non ;
Et d'ailleurs cette fantaisie
Annonce un cœur sensible et bon.
Son apparition soudaine
Du berger calme le chagrin.
Elle repart le lendemain
Très satisfaite et vraiment reine.
    Jézahel, quelques jours après,
Quitta le hameau pour la ville.
Sur lui d'un roi faible et facile
On accumula les bienfaits.
Toujours cher à sa protectrice :
Quelquefois d'un jaloux soupçon
Il sentait le vif aiguillon
Un mot dissipait ce caprice.

Abisag et tous ses appas
Couchaient à côté du monarque,
Et pourtant il ne péchait pas;
De la Bible c'est la remarque.
Lecteur, quitte à pécher un peu,
Il faut, dans l'hiver de ton âge,
Imiter ce roi juste et sage
Qui fut selon le cœur de Dieu.

SALOMON

Son heureux fils, dès sa jeunesse,
Poussa bien plus loin la sagesse,
Du trône à peine possesseur,
Il écrit avec éloquence
Contre le trône et la grandeur,
La bonne chère et l'opulence,
Le monde et son attrait menteur,
Le bel esprit et la science.
On crut que ce régent des rois,
Leur donnant l'exemple lui-même,
En repoussant le diadème,
Allait vivre en simple bourgeois.
Point, il conserve ses richesses,
Ses bons repas, ses dignités,
Et les jouissances traîtresses
Qu'il appelle des *vanités*.
Sa sagesse un peu singulière,
Prêchant la modération,
Fait pourtant égorger un frère
Dont il craignait l'ambition.
Dans ses écrits toujours sévère,
Des voluptés frondeur austère,
Aux femmes il ne permet rien.
Il démasque les courtisanes,
Et de leurs allures profanes
Il avertit les gens de bien :
« Fuyez cette beauté mondaine,
Qui seule vers la fin du jour,
Devant sa porte se promène,
Fringante et respirant l'amour.
Tout bas le passant elle appelle,
St! st! et lui prenant la main,
D'un ton familier et badin :
Viens dans ma chambre, lui dit-elle;
Mon lit est grand, jonché de fleurs ;
Aux doux parfums qu'on y respire,
Le cinnamomum et la myrrhe
Joindront leurs suaves odeurs.
Des maris le plus inutile
Pour les champs a quitté la ville,
Et la vendange le retient;
Jamais de nuit il ne revient
Mets à profit sa négligence,
Et sans alarmes, jusqu'au jour,
Viens vendanger en son absence
Des fruits de plaisir et d'amour!
A ce discours ferme l'oreille,
Jeune imprudent; sache opposer
Une main sévère au baiser
Que t'offre sa bouche vermeille.
Une source dans ton verger
Jaillit avec un doux murmure,
Et son eau bienfaisante et pure
Te désaltère sans danger.
La faim te presse et te fatigue?
De ton figuier mange le fruit;
Et ne va pas, durant la nuit,
Du voisin grignoter la figue. »
On pense bien que Salomon,
Avec une telle morale,
De la tendresse conjugale
Donna l'exemple dans Sion.
Il faut achever et tout dire :
Ce prince avait dans son palais
Mille femmes dont les attraits,
Au moins constant devaient suffire.
Ces mille femmes tour à tour
Amusaient son fidèle amour.
Des lointains pays amenées,
Elles différaient par l'esprit,
Les traits, le langage et l'habit,
Et ces sultanes fortunées,
Dont les caprices faisaient loi,
Diversement fêtaient le roi.

Fière de sa haute origine,
L'une, d'ornements précieux,
Couvrant ses bras et ses cheveux,
Sur des coussins de pourpre fine
Qu'enrichissent la perle et l'or,
Avec décence, avec noblesse,
Livre aux désirs de son altesse,
De ses charmes le doux trésor ;
Et son bonheur commence à peine,
Que d'une musique lointaine
On entend les sons ravissants,
Tantôt vifs, tantôt languissants.
Une autre, en ses goûts plus modeste,
Cherche l'ombrage des bosquets;
Sa tunique, flottante et leste,
Défend mal ses jeunes attraits.
Mais aussi pourquoi les défendre?
Elle foule d'un pied mignon,
D'un pied nu, les fleurs du gazon;
Et Salomon vient la surprendre.
Imitant cet exemple heureux,
Soudain les oiseaux du bocage
Préludent par un doux ramage
A leurs ébats voluptueux.
Mais Nicausis, d'une amazone,
Conserve l'habit et les mœurs,
Quelquefois se moque du trône
Et fait acheter ses faveurs.
Toujours sa pudeur intraitable
Résiste à l'attrait du plaisir;
Avec elle il faut toujours ravir;
C'était un combat véritable.
Salomon fort heureusement
Savait lutter; et notre belle
Dans sa chute encore querelle
L'audace du royal amant.
Te voilà, tendre Salomée?
Que tes regards sont caressants!
Que tes soupirs sont séduisants!
O combien du dois être aimée!
Permets que ma lyre charmée
Répète les aveux touchants
Qu'exhale ta bouche enflammée.
« Oui, j'ai connu le vrai bonheur;
Et ces instants de ma victoire
Seront toujours dans ma mémoire,
Seront à jamais dans mon cœur.
Il me nommait sa seule amie;
Des larmes humectaient ses yeux;
D'un sentiment délicieux
Son âme paraissait remplie ;
Il soupirait, et ses soupirs
Étaient doux comme son ivresse ;
Il désirait, mais aux désirs
Il joignait la délicatesse;
Moins emporté, plus amoureux,
Sur ses mains penchant son visage,
Il répétait : « Je suis heureux,
Et mon bonheur est ton ouvrage. »
Cet aveu, son trouble enchanteur,
Et ses baisers et ma victoire,
Seront toujours dans ma mémoire,
Seront à jamais dans mon cœur. »
La vive et légère Zéthime,
Qui jusque dans la volupté
Conserve sa folie gaieté,
D'une autre manière s'exprime :
« Rien n'est joli comme l'amour;
Mon maître à mes pieds s'humilie.
Esclave de ma fantaisie,
Il espère et craint tour à tour.
Aux yeux de sa philosophie
Je suis un enfant, mais hélas !
Que cet enfant ouvre les bras,
Aussitôt le sage s'oublie.
Il règne au milieu de sa cour :
Je fais bien mieux; sans diadème
Je règne sur le roi lui-même.
Rien n'est joli comme l'amour. »
Notre monarque vraiment sage
A reçu du ciel en partage
Tous les talents et tous les goûts.
Tantôt il prend sur ses genoux
Une beauté jeune et sauvage;
Il apprivoise sa pudeur,

Qui toujours s'étonne et refuse;
De son ignorance il s'amuse;
Il l'instruit; mais avec lenteur,
D'une main prudente il la flatte;
Et cette rose délicate
Doucement s'entr'ouvre au bonheur.
Tantôt, de voluptés avide,
Aux fleurs il préfère les fruits,
Cherche des charmes plus instruits,
Et vole auprès de Nicéide.
C'est là qu'il trouve le désir,
L'emportement, la folle ivresse
Et la science du plaisir.
Le roi sourit à son adresse;
Et dans cet amoureux métier,
De maître il devient écolier.
Du palais l'enceinte pompeuse
Renferme un immense jardin;
Une onde pure et paresseuse
Y formait un vaste bassin.
Ses bords, qu'un frais gazon tapisse,
De fleurs sont toujours parsemés,
Et des bocages parfumés
La couvrent d'une ombre propice.
C'est un rendez-vous pour l'amour.
Les sultanes allaient ensemble
S'y baigner au déclin du jour :
Du prince l'ordre les rassemble
Et lui-même y vient à son tour.
Dans l'onde il se jette avec elles;
Au milieu d'elles confondu,
Comme elles il était vêtu.
Sur les baigneuses peu cruelles,
Ses yeux, ses lèvres et ses mains
Multipliaient leurs doux larcins.
On devine aisément la suite
D'un jeu très innocent d'abord.
Trop heureuse la favorite
Qu'il pousse en nageant vers le bord!
Des autres l'orgueil se dépite;
Elles retiennent un soupir,
Parlent plus haut, nagent plus vite,
Frappent l'onde et la font jaillir.
C'est ainsi que du bel âge
Le grand Salomon profitait.
Mais le temps rida son visage;
Plus triste alors il répétait :
« Je touche à la froide vieillesse;
Adieu la douce volupté.
Hélas! j'avais dans ma jeunesse
Une assez belle vanité.
« J'allais de conquête en conquête;
L'obstacle irritait ma fierté;
Noblement je levais la tête;
J'étais brillant de vanité.
« Aujourd'hui, morte est mon audace,
Et j'entends dire à la beauté :
Prince, que voulez-vous qu'on fasse
De ce reste de vanité?
« O vous, dont le printemps commence,
Fuyez la prodigalité,
Et pour l'automme qui s'avance
Ménagez votre vanité!
Malgré cette hymne un peu chagrine,
La gentillesse féminine
D'un vieillard pique la langueur.
S'il ne prétend plus au bonheur,
Avec son image il badine.
Des femmes se peut-on passer !
Des femmes se peut-on lasser!
On le peut lorsque leur faiblesse
Usurpe d'un sexe plus fort
L'esprit, les mœurs et la rudesse
Toujours ce ridicule effort
Les enlaidit. Par son courage,
Par sa fière et mâle beauté,
Judith ne m'aurait point tenté.
Esther me convient davantage.
Tuer au lit est un talent
Dont rarement on fait usage ;
Y plaire est un plus doux partage,
Dont on profite plus souvent.

ASSUÉRUS ET ESTHER

Assuérus, nous dit la Bible,
Prisait beaucoup cet art paisible.
A sa table il avait un jour
Tous les libertins de sa cour;
Séduit par des chansons lascives,
Et troublé par un vin fumeux,
Il veut donner à ses convives
Un spectacle nouveau pour eux.
« Eunuques, dit-il, que la reine
Se montre sans voile à nos yeux,
Sans aucun voile, je le veux.
Portez-lui ma voix souveraine. »
    La sultane reçut fort mal
Ce compliment oriental.
Surpris d'une pareille audace,
Le prince : « Imprudente Vasthi,
Ton orgueil m'a désobéi ;
Descends du trône, je te chasse.
Eunuques, dans tous mes États
Allez proclamer sa disgrâce,
Et cherchez-moi d'autres appas.
La plus belle prendra sa place. »
    Dès lors on ouvrit le sérail.
Il se remplit de beautés neuves.
Mais pour entrer dans ce bercail
Difficiles étaient les preuves.
L'eunuque insensible et malin,
En faisant son froid commentaire,
Portait partout un œil sévère,
Partout une insolente main.
Belles à la fois et jolies,
Trois cents vierges furent choisies;
Et l'une d'elles chaque soir,
Entrant dans la couche royale,
Se livrait au flatteur espoir
De régner bientôt sans rivale.
Pour les parer, on leur donna
Tout ce qu'exigea leur caprice;
Car les femmes, en ce temps-là,
Connaissaient encor l'artifice.
La seule Esther était sans art.
Un bain est préparé pour elle :
Bientôt de la rose et du nard
Son corps y prend l'odeur nouvelle.
Des cheveux d'herbe entrelacés,
Des yeux modestes et baissés,

Une robe fine et flottante,
Pour ceinture un feston de fleurs
Qui marque sa taille élégante,
Quinze ans et des attraits enchanteurs :
Telle paraît Esther tremblante
Aux yeux charmés d'Assuérus.
Il la voit et n'hésite plus.
    Le couple amoureux se retire
Dans un pavillon écarté.
Le goût lui-même a fait construire
Ce temple de la volupté.
Il en a banni la richesse,
L'or et le feu des diamants.
Tout y respire la mollesse,
Tout y parle au cœur des amants.
Sous leurs pas la rose s'effeuille ;
Et sur la blancheur des lambris
Serpentent les rameaux fleuris
Du jasmin et du chèvrefeuille.
Le plus habile des pinceaux
A dessiné dans les panneaux
Des images voluptueuses ;
Et, pour mieux fixer le désir,
Partout sous des formes heureuses
Il a reproduit le plaisir.
Simple malgré son élégance,
Au centre est un lit spacieux .
Il favorise la licence,
Et les caprices amoureux.
Les rideaux de gaze légère,
Que relevait un nœud de fleurs,
De la sultane peu sévère
Voilent les premières faveurs.
Faveurs charmantes ! bien suprême !
Au vif et doux emportement,
Au transport de celui qu'elle aime,
Esther se livre mollement.
Ainsi dans sa course rapide
On voit le fougueux Aquilon
Troubler une eau calme et limpide
Qui reposait dans le vallon.
    Pour la femme la plus coquette,
Régner est le *nec plus ultra ;*
L'ambition est satisfaite
Quand elle arrive jusque-là.

MARIE

Une seule, par Dieu choisie,
Eut encore un plus beau destin.

Ce Dieu, qui la trouvait jolie,
Lui-même féconda son sein.
C'était la pieuse Marie.
Par la faute d'un vieil époux,
Faible apparemment et jaloux,
La pauvrette, de l'hyménée
Ne connaissait que les dégoûts,
Et sa jeunesse infortunée
Soupçonnait un destin plus doux
Un jour que dans son oratoire
Elle méditait tristement,
Un citoyen du firmament,
Un ange rayonnant de gloire,
S'offre à ses yeux subitement.
« Salut, ornement de la terre !
Salut, ô reine des élus!
Sois docile, tu seras mère,
Et ton fils aura nom Jésus. »
    Sans retard la brune Marie
Obéit à l'ordre des cieux ;
Et bientôt sa taille arrondie
Fâche le mari soupçonneux.
L'ange fait un second voyage;
Il menace au nom du seigneur;
Et cet adroit ambassadeur
Remet la paix dans le ménage.
Il était temps ; le lendemain,
Panther, galant du voisinage,
Mourut à la fleur de son âge,
Emporté par un mal soudain.
On trouva dans son inventaire
L'explication du mystère :
Un beau vêtement azuré,
Cinq ou six ailes de rechange,
Des rayons de papier doré,
Enfin tout ce qui fait un ange.
    Par ce chapitre je finis.
Après la vierge, est-il permis
De descendre aux autres mortelles?
Pour l'instruction des fidèles,
Par dates j'ai traduit les faits :
Mais j'ai dû voiler quelques traits.
La prude hypocrite peut seule
Fronder ces articles de foi.
Le Saint-Esprit est moins bégueule,
Et sa Bible en dit plus que moi.

LE CHRIST AU VATICAN

Malgré tout son respect pour le Père Éternel,
    Un jour Jésus bâillait au ciel
    A se décrocher la mâchoire :
Il s'ennuyait dans ce séjour de gloire.
Les orémus qu'on lui chantait jadis
    Montaient toujours en paradis,
    Mais n'allaient plus à son adresse ;
    Il n'était pas jusqu'à la messe
Qu'on n'abrégeât autant qu'il se pouvait,
Quand d'un bon déjeuner l'officiant devait
Aller prendre sa part. L'Esprit-Saint et le Père
    N'avaient pas meilleur ordinaire.
« Qu'est ceci ? dit Jésus, les chrétiens oublieux
« M'auraient-ils supprimé leur encens et leurs
                                        [vœux!
« On s'adresse beaucoup à la vierge Marie ;
« Aux chapelles des saints la foule accourt et prie,
    « Comme accouraient et priaient autrefois
« Les païens à l'égard des dieux d'or et de bois;
    « Mais pour moi, c'est une autre affaire ;
    « J'ai cependant à Rome le Saint-Père,
    « Mon vice-Dieu, d'après ce que l'on dit ;
« Chez les peuples il doit soutenir mon crédit »
        « Trahirait-il ?... Le paganisme
« Aurait-il absorbé le vieux catholicisme ?

« A Rome il faut me rendre de ce pas,
« Examiner ce qui se fait là-bas,
« Et m'assurer si le susdit vicaire
    « Donne des soins à mon affaire ;
« Si pour lui seul il n'a pas détourné
    « Le culte qui m'est destiné.
« Dépouillons, il le faut, ma divine nature ;
« Prenons l'habit modeste et l'humaine figure
« Que j'avais en Judée, alors qu'un gouverneur
    « De me pendre se fit l'honneur ;
« Autrement on pourrait ne pas me reconnaître. »

    Aussitôt dit que fait ; le divin Maître
        Prend son vol, et d'un seul élan
        Arrive auprès du Vatican.
    Il s'informe où reste le pape,
    Et s'imagine qu'on l'attrape,
    Lorsqu'on lui montre le palais,
« Oh ! Oh ! dit-il, je n'aurais cru jamais,
        « Quand je naquis dans une étable, [ble. »
« Voir mon représentant dans un logis sembla-
Il entre, toutefois ; mais dès les premiers pas,
Un suisse tout doré, la hallebarde au bras,
Lui crie : « Halte ! fais voir ta lettre d'audience!
« Il en faut pour entrer dans le papal séjour ;

« Les ducs les plus huppés, venant faire leur cour,
« Ont besoin d'un permis signé par le Saint-Père
« Ou par son camérier ; crois-tu qu'un pauvre
                                        [hère
« Sans le sou, j'en suis sûr, puisse entrer en ce
« Va, va, le serviteur des serviteurs de Dieu [lieu?
« Ne veut pas recevoir des manants de ta sorte. »
Et déjà sur le nez il lui ferme la porte.
    Christ ébahi ne pouvant pas penser
Qu'un pareil compliment à lui pût s'adresser,
Crut avoir mal compris; il se dit que peut-être,
Des persécutions le temps allait renaître,
Et qu'un nouveau César, l'ennemi des chrétiens,
        Relevait les autels païens.
C'est ainsi que pour lui s'expliquait le mystère :
Ces beaux suisses étaient les geôliers du Saint-
        Quelle simplicité de cœur !...   [Père.
    Christ seul pouvait commettre cette erreur.
« Mon fils, je suis Jésus, dit-il au mercenaire.
        « Et je viens voir mon mandataire.
« Sans doute l'empereur à Jupiter dévôt,
« Veut en faire un martyr et le tient au cachot,
« Comme il advint jadis à mes premiers apôtres. »
    Quoique l'air humble et pauvre du Seigneur

Ne parût lui mériter cet honneur : [Père.
« Vous vous trompez, Jésus ; César, c'est le Saint-
« Il fait de ce palais son séjour ordinaire ;
« Les suisses ne gardent que lui :
« Ici, personne n'a de prison, aujourd'hui,
« Que votre vice-Dieu ; suivant sa fantaisie,
« Il y loge tous ceux qui sentent l'hérésie,
« Par tendresse pour leur seul bien [suisse.
« Et l'honneur du culte chrétien. [suisse.
« Il pend même parfois ; mais je suis un bon
« Et je veux vous aider : l'escalier de service
« Est devant vous ; montez chez le grand camé-
« Si vous voulez bien le prier, [rier;
« Peut-être pourrez-vous parler au saint Pontife. »
Jésus s'imaginait remonter chez Caïphe.
« Eh bien ! murmurait-il, on habite un palais
« De marbre et d'or, et moi je ne savais
« Le soir où reposer ma tête.
« Ici le pauvre est un vrai trouble-fête ;
« Je fus pauvre et prêchai la charité ;
« Hélas ! moi, je n'eus pour tous gardes
« Que les vauriens qui jouèrent mes hardes ;
« Il pend, et moi je suis pendu.
« Ma foi si cet individu
« Avec sa pompe triomphante
« Me représente,
« Convenons-en, je suis bien mal représenté. »
Tout en parlant ainsi, Jésus était monté.

Sur un vaste palier s'ouvre une immense salle ;
Le Seigneur croit entrer dans une halle ;
Bazar d'objets sans nom, frauduleux bric-à-brac,
Où l'acheteur est sûr d'être mis dans le sac.
De vieux os, de neuves médailles
Offensent l'odorat, ou reluisent partout ;
Des commis fort nombreux, alertes, l'œil à tout,
Ficèlent des paquets et servent la pratique,
Reçoivent force écus ; vrai, c'est une boutique.
Le chef des employés, tout de rouge habillé,
Voyant entrer un homme assez déguenillé,
S'emporte... « Eh quoi ! dit-il un vagabond im-
« Pénètre sans façon chez le maître du monde ! [monde
« Comment es-tu venu ? qui t'amène en ce lieu ?...
« Mais peut-être, du vice-Dieu
« Attendant le pardon de quelque grave offense,
« T'es-tu fait gueux par pénitence ?
« Cela s'est vu ; parle, que te faut-il ?
« As-tu tué quelqu'un, et craignant le péril,
« L'as-tu poignardé par derrière ?
« As-tu frappé d'une main meurtrière
« Ou ton père ou ta mère ?
« As-tu, fin connaisseur,
« Violé ta fille ou ta sœur ?
« A Rome, moyennant espèces,
« Nous absolvons de toutes ces faiblesses.
« Veux-tu des croix, des cierges, des agnus,
« Des chapelets bénis bien mieux que si Jésus
« Les avait consacrés lui-même ?
« Veux-tu faire gras en carême
« Les vendredis et samedis ?
« Veux-tu de tous les saints qui sont en paradis
« Les plus précieuses reliques
« Très authentiques ?
« Dis, ouvre l'escarcelle et donne tes écus !
« Pour l'empereur d'Autriche on ne ferait pas plus.
« Si tu ne peux payer, allons, vite, détale,
« Il nous est ordonné par la bulle papale
« De ne livrer que contre argent,
« A nous le riche, au diable l'indigent ! »

« — Voilà, se dit Jésus, de la belle besogne !
« En vérité, ces gens n'ont pas plus de vergogne
« Que n'en avaient aux temps anciens
« Les scribes et les pharisiens.
« Ils ne sont pas chrétiens ; ici, je me l'assure...
« C'est à mon nom faire par trop injure
« Que d'en couvrir cet ignoble trafic,
« Par lequel sans pudeur ils volent le public
« Mais voyons jusqu'au bout leur étrange con-
[duite.

« — J'ai peu de temps à perdre, et je voudrais de
« Parler au père des chrétiens, [suite
« Dit-il au cardinal vendeur de pieux riens ..
« Parler au pape ! ah ! mais le maraud raille !
« Crois-tu donc, mauvaise canaille,
« Qu'il te serait permis de baiser à genoux
« Sa mule croisetée ? Ah ! que non, vertuchoux !
« Non, ce n'est pas pour toi que le pape se chausse.
« Et vite et tôt, va-t-en, si d'une basse-fosse
« Tu ne veux à l'instant savourer la douceur ! »
« — Prêtre, je veux dissiper ton erreur : [maître;
« Sous ces pauvres habits, vois, reconnais ton
« Je suis le Christ, et maintenant peut-être
« Il me sera permis de voir
« Ton Saint-Père qui tient de moi seul son pouvoir.
« — Toi, Jésus ?... La plaisanterie
« Est bonne, et permets que j'en rie !
« Quoi ! le puissant maître des cieux
« Aurait ta face blême et ton aspect piteux,
« Et tes crasseux haillons, signe de la misère,
« Comme on n'en voit qu'au Transtévère ?
« A d'autres ! Dirais-tu d'ailleurs la vérité,
« Tu n'arriverais pas jusqu'à Sa Sainteté !
« Elle a bien : per Bacco ! d'autres choses à faire
« Que de penser au Christ, au ciel, au bréviaire.
« La Romagne s'agite, et les Légations
« S'abandonnent au vent des révolutions ;
« Le pouvoir temporel nous échappe et je pense
« Que sur tout autre bien il vaut la préférence.
« Puis enfin, s'il est vrai que vous soyez Jésus,
« N'accusez que vous seul d'éprouver un refus.
« Que n'apparaissez-vous sous toute votre gloire
« L'on vous eût bien reçu : c'était une victoire
« Sur tous nos ennemis. Comme vous êtes fait !
« En un mendiant pareil le pape rougirait
« De reconnaître un Dieu fagoté de la sorte ;
« Souffrez donc, cher ami, qu'on vous flanqué à la
[porte. »

Le cardinal parlait encor,
Que Jésus-Christ, comme sur le Thabor,
S'était transfiguré. Dans son regard austère
S'allumaient les éclairs de la sainte colère
Qui l'anima, lorsque jadis
Il chassa les vendeurs loin du sacré parvis.
Les publicains, d'abord si bouffis d'insolence,
Attendaient maintenant dans un lâche silence
L'orage qui grondait dans l'âme du Sauveur ;
Terrible, il éclata : — « Malheur
« A vous, tonna Jésus, ô race de vipères,
« Abuseurs éhontés de la foi de vos frères !
« Malheur, malheur à vous, prêtres pharisiens,
« Hypocrites parés du faux nom de chrétiens,
« Qui voilez mes leçons par mille momeries,
« Et souillez mes autels par mille idolâtries !
« Faut-il vous rappeler ce que prescrit ma loi ?
« Aveugles conducteurs d'aveugles, loin de moi.
« Faut-il vous rappeler que j'ai passé ma vie
« A prêcher la douceur, la paix, le modestie,
« L'aumône, le pardon, l'amour, l'espoir en Dieu
« Et toutes les vertus dont vous avez si peu ?
« Ai-je jamais souffert dans mon humble existence,
« Que l'on me saluât de Grandeur, d'Eminence ?
« Me suis-je revêtu jamais de pourpre et d'or ?
« De la sueur du pauvre ai-je enflé mon trésor ?
« Jérusalem me vit monter sur une ânesse ;
« Et le peuple romain sans que cela le blesse,
« Contemple votre chef et non Sa Sainteté,
« Sur le dos des chrétiens en triomphe porté.
« Je m'étonne comment son orgueil intrépide
« Ne leur a pas encor mis la selle ou la bride...
« Voilà comment on suit mon exemple et mes lois !..
« Qui de vous, se montrant humble pour une fois,
« A donné sa douillette à qui prenait sa robe ?
« Pour les trésors mondains que le larron dérobe
« Vous donneriez cent fois tous les trésors du ciel
« De la cupidité votre cœur est l'autel ;
« Pour recevoir vos mains sont toujours prêtes,
« Et des pauvres jamais les touchantes requêtes
« N'ont su vous émouvoir ; moins prêtres que com-
[mis.

« Moins bergers que bouchers, à vos tristes brebis
« Vous emportez le lait et la chair et la laine,
« L'église n'est pour vous qu'un terrestre domaine
« Le salut éternel et la gloire d'en haut [faut !...
« Vous préoccupent peu ; c'est de l'or qu'il vous
« De l'or, à nous de l'or ! Telle est votre maxime :
« Etre pauvre est pour vous le plus grand, le seul
« Votre œil est doucereux, vos lèvres sont de miel, [crime ;
« Votre visage ment... votre cœur est de fiel !
« Rigides pour autrui, pour vous pleins d'indul-
« Vous aimez à primer partout avec hauteur ; [gence.
« Le plus grand d'entre vous se dit le serviteur
« De tous mes serviteurs ; il ment comme une bulle
« Du serviteur de tous baiserait-on la mule ? [vous
« Si quelque malheureux pense autrement que
« S'il veut briser ses fers trop lourds, votre cour-
« L'abandonne au bourreau sous couleur de jus- [roux
« J'ai dit : Miséricorde et non pas : Sacrifice. [tice.
« Donnez gratis ce qui gratis vous fut donné,
« Ai-je encore dit ; pourtant au peuple rançonné
« Vous vendez le baptême au jour de la naissance ;
« Vous vendez au pécheur l'inutile indulgence,
« Vous vendez aux amants le droit de s'épouser ;
« Vous vendez aux défunts la messe funéraire ;
« Vous vendez aux parents l'office anniversaire ;
« Vous vendez oraisons, messes, communions ;
« Vous vendez chapelets, croix, bénédictions ;
« Rien n'est sacré pour vous, tout vous est mar-
« Et l'on ne saurait faire un pas dans votre église [chandise.
« Sans payer pour entrer, sans payer pour s'as-
« Sans payer pour prier. L'autel est un comptoir ! [seoir,
« La papauté, du monde, est la grande usurière ;
« De mon temple, ce doux asile de prières,
« Vous avez fait, brigands, un antre de voleurs !
« De la Vierge on y vend les banales faveurs,
« Comme en un mauvais lieu l'on vend l'amour
« Tout reflète chez vous la laideur de vos âmes. [des femmes.
« Les scribes, vos aïeux, étaient moins pervertis.
« Vous n'êtes même pas des sépulcres blanchis.
« Hiboux, corbeaux, vautours, voilà ce que vous
« De l'Eglise Phryné dégoûtants proxénètes ! [êtes.
« A l'aide d'actes faux, de vols, d'extorsions
« Des Borgia, d'astuce et d'usurpations
« Ces villes, dites-vous, forment le patrimoine
« De saint Pierre, tout homme y doit agir en moine,
« Et non en citoyen. Penser est un délit
« Que votre loi prévoit, que votre loi punit !
« Là, règnent avec vous l'orgueil et l'avarice,
« L'hypocrite et le sot y rendent la justice ;
« Là, ramper devant vous est l'unique devoir,
« C'est ce que vous nommez le temporel pouvoir,
« Pouvoir que ne rêva jamais mon pauvre Pierre.
« Vous n'invoquez le ciel que pour régner sur
« Mais les temps sont changés... Las du joug clé- [terre !
« Vos Etats briseront le vieux sceptre papal. [rical.
« Déjà la liberté sourit à la Romagne,
« Et vos sujets romains que la révolte gagne,
« Si la France n'avait rétabli leurs tyrans,
« Vous auraient expulsés depuis déjà longtemps.
« Tremblez, prêtres du pape, ô race de vipères.
« Les fils accompliront ce qu'ont tenté les pères ! »
Les commis, tonsurés, consternés, éperdus,
Tremblaient à la voix de Jésus ;
Et lui, d'un bond retraversant l'espace.
Revint au ciel prendre sa place, [porel,
Murmurant : « Leur pouvoir, qu'ils nomment tem-
« J'en jure par mon sang, est loin d'être éternel ;
« Cette puissance tyrannique,
« Et dont le ridicule égale l'odieux ;
« Cette exécrable Eglise catholique,
« Je l'écraserai, moi, Jésus, du haut des cieux ! »

ŒUVRES DE PROPAGANDE ANTI-CLÉRICALE PUBLIÉES AVEC ILLUSTRATIONS DANS LE TEXTE

La Guerre des Dieux. — *Les Galanteries de la Bible.* — *Le Christ au Vatican.* — Les trois opuscules réunis. Prix : 15 cent. — *Les Mystères du* Confessionnal : *Le Manuel des Confesseurs*, par Mgr Bouvier, évêque du Mans. Prix : 1 fr. — *Le Traité de Chasteté.* Prix : 1 fr. — *Le Prêtre et sa* Cunégonde. Prix : 2 fr. — *Le Curé.* Prix : 2 fr. — *Le Presbytère maudit.* Prix : 1 fr. — *Le Comte de Germisy*, Prix : 2 fr. — *Histoire des Papes*, etc., etc.

NOUVEAU
DICTIONNAIRE UNIVERSEL

PANTHÉON LITTÉRAIRE ET ENCYCLOPÉDIE ILLUSTRÉE
Par MAURICE LACHATRE

AVEC LE CONCOURS DE SAVANTS, D'ARTISTES ET D'HOMMES DE LETTRES

DEUX MAGNIFIQUES VOLUMES GRAND IN-4° A TROIS COLONNES

ILLUSTRÉS D'ENVIRON 2000 SUJETS GRAVÉS SUR BOIS, INTERCALÉS DANS LE TEXTE

Chaque Livraison contient 95,768 lettres, c'est-à-dire la matière de la moitié d'un volume in-8°, et un grand nombre de gravures.

Cette Œuvre, la plus gigantesque des entreprises littéraires de notre époque, renferme l'analyse des 400,000 ouvrages qui existent dans les Bibliothèques nationales et peut être considérée à bon droit comme le plus vaste répertoire des connaissances humaines.

Le NOUVEAU DICTIONNAIRE UNIVERSEL est le plus complet et le plus progressif de tous les Dictionnaires le seul qui embrasse dans ses développements tous les Dictionnaires spéciaux :

Chaque volume est composé de 200 livraisons imprimées sur magnifique papier glacé et satiné.

Ouvrage complet en 2 volumes

LIBRAIRIE DU PROGRÈS
11, RUE BERTIN-POIRÉE, 11
PARIS

·HISTOIRE DES PAPES

MYSTÈRES D'INIQUITÉS DE LA COUR DE ROME

CRIMES, MEURTRES, EMPOISONNEMENTS, PARRICIDES, ADULTÈRES, INCESTES, DÉBAUCHES ET TURPITUDES DES PONTIFES ROMAINS DEPUIS SAINT-PIERRE JUSQU'A NOS JOURS

CRIMES DES ROIS DES REINES ET DES EMPEREURS

PAR

MAURICE LACHATRE

LIBRAIRIE DU PROGRÈS

11, RUE BERTIN-POIRÉE, 11

PARIS

HISTOIRE

DE LA

RÉVOLUTION

FRANÇAISE

PAR

LOUIS BLANC

ORNÉE DE 600 GRAVURES EXÉCUTÉES PAR L'ÉLITE DES ARTISTES SUR LES DESSINS DE M. H. DE LA CHARLERIE

OUVRAGE COMPLET EN 50 SÉRIES DE 2 MAGNIFIQUES VOLUMES

PARIS

LIBRAIRIE DU PROGRÈS

11, RUE BERTIN-POIRÉE, 11

LES
MYSTÈRES DU CONFESSIONNAL

Collection d'ouvrages anti-cléricaux

PUBLIÉS EN FRANCE ET A L'ÉTRANGER

Volumes parus :

I. **Manuel des Confesseurs**, par Mgr Bouvier, évêque du Mans, un beau volume de 400 p. (publié à Bruxelles) prix. . . . . 2 francs

II. **Traité de Chasteté**, par Louvel, un volume de 400 pages (publié à Bruxelles), prix. . . . 2 francs

III. **Le Péché de Sœur Cunégonde**, par Hector France, un volume (publié à Paris), prix. . . 3 fr. 50

IV. **Le Comte de Germisy**, mœurs cléricales du grand monde, par Léon Picard, prix. . . . . 2 francs

En préparation :

V. **Marie-Queue-de-Vache** ou le **Presbytère Maudit** (suite du *Péché de Sœur Cunégonde*), par Hector France, prix. . . . . 3 fr. 50

VI. **Le Roman du Curé**, l'homme qui confesse, par Hector France. . . . . 3 fr. 50

TABLE DES MATIÈRES

DEUXIÈME PARTIE

La 1re partie de la Table des Matières du volume se trouve à la page 150